나는 미혼부 연예인과 결혼했다

나는 미혼부 연예인과 결혼했다

1판 1쇄 인쇄 2024. 02. 28
1판 1쇄 발행 2024. 03. 06

지은이 장정윤
발행인 강미선
편집 강미선 디자인 표지 ARIA 본문 윤미정 일러스트 김승현

발행처 선스토리
등록 2019년 10월 29일 (제2019-000168호)
전화 031)994-2532

값은 뒤표지에 있습니다.
ISBN 979-11-981603-8-6 (03810)

이메일 sunstory2020@naver.com

매일 어김없이 떠올라 세상을 비추는 해처럼
선하고 이로운 이야기를 꾸준히 전합니다.

나는 미혼부 연예인과 결혼했다

장정윤 에세이

그림 김승현

선●스토리

차례

나는 이 에세이를 이혼 위기에 있을 때 쓰기 시작했다. 따뜻했던 어느 해 5월이었다. 승현과 같은 공간에 있기 싫어 매일 집을 나와 카페로 향했다. 그리고 노트북을 펼쳐놓고 우리에게 있었던 일들을 차례대로 쓰기 시작했다. 찰나 같은 사랑에 목숨 걸고 결혼한 나를 원망하는 글을 쓰려고 했다. 많은 걸 감수하고 결혼했지만 그건 알아주지 않고, 자신밖에 모르는 그에 대해 원망하는 글을 쓰려고 했다. 허들을 넘어 결혼이란 지점에 골인했는데 눈앞에 펼쳐진 더 많은 허들을 보고 나는 기겁하고 좌절하는 중이었다.

하지만 나는 글을 쓰면서 내가 승현을 얼마나 사랑하는지 알게 되었다. 아직은 헤어질 수 없다고 생각했다. 기꺼이 그 허들들을 넘어보리라 다짐하며 다시 땅을 짚고 일어서기로 했다. 그 과정에 대한 글들을 하나씩 '브런치 스토리'란 플랫폼에 올리기 시작했다. 처음에는 조회수 10회만 나와도 가슴이 두근거렸다. 내 이름을 걸고 게다가 승현의 아내임을 다 밝힌 상태에서 쓴 글을 누군가가 읽고 나서 어떻게 평가할까 궁금하고 긴장됐다. 점점 많은 사람이 내 글에 공감해주었고 위로를 받았다는 댓글을 주었다. 몇십만의 조회수를 기록하기도 했다. 나는 내가 썼던 글들을 1년 넘게 퇴고하고 에피소드들을 추가해 이 책을 내게 되었다. 제목을 많이 고민하긴 했지만 브런치 스토리에 처음 썼던 그대로 가져가기로 했다.

이 책은 미혼부 연예인과의 연애, 결혼 과정이 담긴 나의 사랑 이야기이다. 결혼을 앞둔 누군가에게는 선행학습이 될 것이고, 신혼인 누군가에겐 격려가 될 것이고, 그 시간을 이미 지나친 누군가에게는 그동안 삶에 대한 위로가 되는 글이 되었으면 좋겠다. 혹은 아무것도 못 얻을지라도 재미만은 보장하니 이왕 이 책을 집었다면 끝까지 읽어보길 바란다.

　　미국의 에세이스트 비비언 고닉은 에세이는 독자에게 글쓴이의 여정을 함께하고 시야를 전보다 넓혀 주는 것이라고 말한다. 미혼부 연예인과 결혼한 한 여자의 성장통을 함께하며 공감과 위안을 조금이라도 얻어가시길.

CHAPTER 1

미혼부 연예인의
대시를 받는다는 건

운명은 우리를 같은 시간,
같은 자리에 데려다 놓았다

———

승현에 대한 첫 기억은 고등학교 때로 돌아간다. 당시 유행했던 의류 브랜드 '스톰'의 새 모델이 공개됐는데 그때 승현을 처음 보았다. 기가 막히게 잘생겼다란 생각을 했다. 당시엔 예쁘장하고 하얀 남자들이 인기를 얻을 때였는데 나는 그런 쪽보단 승현처럼 까맣고 남자답게 생긴 쪽을 선호했던 것 같다. 승현은 데뷔와 동시에 전성기를 누렸다. 모델 활동뿐 아니라 음악프로 MC, 라디오 DJ, 시트콤 등에 출연하며 활발한 활동을 했다. 하지만 그것도 잠시. 곧 그는 모든 걸 내려놓아야 했다. 22세의 승현이 아이 아빠란 사실이 밝혀졌기 때문이다. 아이는 고등학교 때 낳아 지금은 세 살이라고 했고 결혼은 하지 않았다고 했다. 충격에 충격이 더해졌다. 아마 그때 많은 이들이 '미혼부'란 단어를 처음 접했을 것이다. 결혼하지 않고 아빠가 된 사람. 때는 2002년이었고 그런 일이 부자연스러웠을 뿐 아니라 도덕적으로 허용되지 않던 시절이다. 생긴 아이를 끝까지 책임진 아빠의 순정은 아무도 알아주지 않았다.

당시 난 고3이었다. 그날, 어수선한 교실 분위기가 아직도 생생하게 기억난다. 승현이 아이 아빠라는 기사를 접한 고등학생 소녀들은 충격에 빠졌다. 고등학생 소녀들은 간만에 접한 연예인 가십에 지칠 줄을 모르고 떠들었다. 애 엄마가 누구냐는 둥, 어떻게 고등학생 때 애를 낳을 수 있느냐는 둥 쉬는 시간마다 삼삼오오 모여 떠들어댔다. 나도 그 대열에 합류해 신나게 떠들었다. 그때 짐작이나 했겠는가, 훗날 내가 승현의 아내가 되리라는 걸. 승현은 그렇게 매스컴에서 순식간에 사라졌다. 2002년은 승현에게도, 또 고3인 나에게도 각자 다른 의미로 고통의 한 해였으리라.

　　승현을 TV에서 다시 본 건, 15년 정도 후의 일이다. 우연히 TV를 돌리다 본 KBS 〈살림남〉에 승현이 나오고 있었다. 30대 중반인데 혼자서 비좁은 옥탑방에 살고 있었다. 까맣고 깡마른 그는 여전히 잘생기긴 했지만 어딘가 짠해보였다. '눈이 지나치게 커서 그런가, 어딘가 안됐어……'라고 생각했다. 미혼부라는 사실이 밝혀질 당시 세 살이었던 그의 딸은 고등학생이 되어 있었고 보통의 딸들보다 아빠를 멀리하는 듯 보였다. 아이 엄마와는 일찍부터 헤어졌고, 승현의 부모님이 대신 딸아이를 키웠다고 했다. 방송이 나가고 승현과 그 가족의 사연이 연일 화제가 되었다. 온 가족이 아이에 대해 책임을 다한 점, 어려운 환경에도 불구하고 웃으며 사는 모습 등이 시청자들의 마음에 감동을 심은 것이다. 15년 전, 승현이 내쳐진 이유였던 '미혼부 연예인'이란 타이틀에 사람들의 응원이 실리기 시작했다. 결국 그는 그렇게 제2의 전성기를 맞이했다. 첫 번째 전성기와 다른 게 있다면, 20대의 인기가 동경이었다면, 30대 끝의 인기는 동정에 가까웠다는 것이다.

　　그 무렵 나는 종합편성채널에서 요리 프로그램 작가를

맡고 있었다. 매주 다른 게스트를 섭외해야 하는데 매일이 지옥이었다. 잘나가는 예능 프로그램이야 돈 안 줘도 나오겠다는 연예인이 줄을 서겠지만, 내가 하고 있던 프로그램은 좀 달랐다. 시청률은 꽤 잘 나와 방송국 부장님이 포상금도 따로 챙겨주실 정도였지만 시청자 연령층이 높은 게 섭외에 발목을 잡았다. 시청자 연령층이 높으면 그에 맞는 연예인을 섭외하면 되는 것을 방송국에서는 매일같이 젊은 연예인을 게스트로 섭외하라고 작가들을 쪼았다. 하지만 젊은 연예인들이 나오고 싶어 하는 프로그램이 아니었다. 그렇다고 포기할 순 없는 일이었다. 섭외력 또한 작가의 능력 중 하나였기에 매일 매니저들과 통화하며 아쉬운 소리를 해야 했고, 거기에 출연료까지 깎아야 했다. 그러던 중 TV 속 승현을 보며 작가의 본능이 꿈틀거렸다. 저 사람을 섭외해야 해! 방송작가 1,000명이 연락처를 주고받는 카톡방에 김승현 연락처를 물었다. 바로 승현의 개인 번호가 올라왔다. 직접 전화를 걸었다. 받지 않았다(승현은 지금도 전화를 잘 받지 않는다). 이러저러한 요리 프로그램인데 섭외를 하고자 전화했노라 문자를 보내놓았다. 한참 뒤에 승현에게 답장에 왔다.

안녕하세요 작가님, 김승현입니다.

지금 지방에서 영화 촬영 중이라 전화를 받지 못했습니다. 말씀하신 녹화 날짜에도 영화 촬영이 계속될 것 같아 출연이 불가할 것 같습니다.

저를 떠올려주셔서 감사합니다.

좋은 하루 보내세요.

정말 예의가 바르다는 느낌을 받았다. 기필코 한번은 섭외해야겠다고 생각했다.

결국 승현은 내가 맡고 있는 프로그램에 게스트로 나오게 되었다. 출연 첫날, 스튜디오 프로그램이 오랜만이었던 승현은 90년대 스타일로 움직이는 지미집 카메라를 보며 손을 흔들었다. 그 때문에 NG가 났다. 모두가 크게 웃었다. 승현은 모두에게 깍듯했고 그만하면 멘트도 잘 치는 편이었다. 승현을 향한 제작진들의 호감도가 올라갔다. 그렇게 가을 개편 때가 되었고 고정 패널을 새로 구해야 하는 상황이었다. 우리는 여러 연예인을 후보로 두고 고민했다. 긴 고민

끝에 5명 정도가 추려졌고, 결국 그중 승현이 고정 멤버가 되었다. 나중에 들은 얘기로 승현은 그 자리를 두고 매니저인 동생과 많이 고민했다고 했다. 시청자 연령층이 높기 때문에 자칫 올드한 이미지로 굳혀질지 모른다는 우려 때문이었다.

하지만 결국 운명은 우리를 같은 시간, 같은 자리에 데려다 놓았다. 서로를 알아보고 사랑에 빠지길 바라면서. 그런 운명의 바람을 모른 채로 난 승현의 출연료를 협상해야 했는데, 그가 내 남편이 될 줄 알았으면 출연료를 그렇게 후려 깎자고 목소리를 내진 않았을 것이다.

미혼부 연예인의
대시를 받는다는 건

승현과 난 2주에 한 번씩 녹화장에서 만났다. 녹화는 토요일 오전 10시부터 시작돼 2회 분량을 찍고 나면 밤 12시가 다 되었다. 요리 프로그램 특성상 요리가 되어가는 과정을 모두 촬영해야 하기에 촬영 시간이 길어질 수밖에 없었다. 국이 끓는 동안, 찜이 익는 동안 출연자와 제작진들은 따분함을 수다로 풀었다. 그러다 보니 자연스럽게 가까워지고 가족 같은 분위기로 흘러갔다. 방송작가 생활 16년을 하면서 녹화 날을 기다린 프로그램은 처음이었다. 고단하고 긴 녹화가 끝나면 우리는 매번 회식을 했다. 물론 나는 회식 프

로 참석려였고 승현도 마찬가지였다.

　함께한 지 5개월 정도가 지났다. 그의 마음을 눈치채게 된 날이 있었다. 녹화 날이었는데 그날따라 너무 피곤해 스튜디오를 살짝 빠져나와 대기실에서 쉬고 있었다. 대기실에 상주하는 메이크업 담당 실장님이 나를 가만히 보더니 물었다.

　"장 작가, 몇 살이지?"

　"저요? 서른여섯 살이요. 갑자기 왜요?"

　"아까 승현 씨가 물어보더라고."

　누군가는 겨우 그걸로 승현의 마음을 눈치챌 수 있는 거냐고 묻고 싶을 수도 있다. 그런데 어쩐지 알 수 있었다. 그 사람이 나를 향해 움직이기 시작했다는 것을. 아마 스치는 그의 눈빛, 무심코 던진 한마디, 작은 몸짓 하나. 그런 것들로 나는 어떤 기류를 느끼고 있었는지도 모른다. 그리고 정확히 그날부터 승현은 나에게 대놓고 마음을 드러내기 시작했다. 녹화가 끝난 뒤 우리는 회식 장소로 이동했다. 승현은 일부러 내가 앉은 테이블 쪽에 앉더니 꼬치꼬치 이것저것 묻기 시작했다. 모두 시답지 않은 질문들이었는데 사실 목표는 하나였으리라.

"장 작가, 남자친구랑은 잘 되어가요?"

"헤어졌는데요."

"왜?"

"별로였어요."

그 무렵, 나는 실의에 빠져있었다. 사귀던 남자와 헤어져서가 아니라 사귀던 남자가 결국 너무 별로란 사실 때문이었다. 젊을 땐 괜찮은 사람도 꽤 만났는데 재고 재다가 나이를 먹고 보니 주변에 괜찮은 사람이 없었다. 이런 사람까지 만나야 하나? 싶었지만 심심해서 만나보았던 그 남자는 본인 생일선물로 명품 파우치를 사줄 것을 요구했다. 거부하자 돈 벌어서 뭐 하냐며 날 치사한 사람을 만들어놓고 며칠 연락을 끊었다. 내가 이런 꼴까지 당해야 하나! 그 남자를 만난 걸 뼈저리게 후회했다. 나이 탓을 할 수밖에 없었다. 나이로 인해 꺾인 자존감이 그러한 수준의 남자까지 수용해버린 것이다. 나는 혼자서 사는 한이 있어도 다시는 눈높이에 맞지 않는 남자는 만나지 않겠다고 다짐하고 또 다짐했더랬다.

남자친구와 헤어졌다는 말에 승현은 안타깝다는 표정

을 지었지만 곧 신난 표정으로 나에게 더 많은 말을 걸어왔다. 2차로 노래방으로 향하던 길 승현은 또 티 나게 내 옆으로 오더니 내 가죽재킷을 손끝으로 문질렀다. 나는 승현에게 왜 이런 행동을 하는지에 대해 묻는 눈빛을 쏘았다. 머쓱해진 승현은, "좋은 가죽이네. 양가죽?"이라고 바람 빠진 말을 했다. 노래방에 들어서자 승현은 내 옆자리를 사수하려 했고 성공했다. 그리고 그는 이문세의 '소녀' 한 곡을 부르고는 술기운과 함께 깊은 잠에 빠졌다. 싱겁기도 해라. 나는 자는 그의 얼굴을 자세히 들여다보았다. 지나치게 잘생긴 비현실적인 얼굴. 나와는 다른 세계의 사람이 분명했다. 그다음 날, 승현은 몇 차례 전화를 걸어왔지만 난 받지 않았다.

얼마 지나지 않아 우리 팀은 지방 촬영을 떠났다. 1박 2일에 걸쳐 2회분 녹화를 해야 했다. 늦은 봄이었고 야외에서 촬영이 진행되기에 작가들은 창이 넓은 모자를 똑같이 맞춰 썼다. 논이나 밭에서 일할 때 쓰는 모자라 어찌 보면 우스꽝스럽게 보일 수도 있지만 온종일 햇볕에 무방비로 노출되느니 창피한 게 나았다. 똑같은 모자를 쓰고 쪼르르 앉아 있는 작가들을 보며 모두가 웃었다. 특히 승현은 더 크게 웃더니 기어코 낯 뜨거운 말 한마디를 던졌다.

"장 작가가 제일 잘 어울리네."

그 순간 모두의 시선이 나에게 쏠렸고 나는 어떤 반응을 보여야 할지 몰라 '왜 저래…….' 혼잣말처럼 한마디 하고 입을 삐죽거렸다. 작가들은 나지막이 속삭였다.

"승현 선배가 언니 좋아하는 거 같아요."

"뭐래. 쓸데없는 소리 하지 마."

첫날 녹화가 끝나고 우린 각자의 숙소로 흩어졌다. 그리고 난 뜻밖의 문자를 받았다.

장 작가, 오늘 수고했어요. 잘 자요.

나는 당황했고 주위를 둘러보았다. 아무도 못 봤겠지. 승현이 던진 신호탄에 가슴이 두근거렸다. 복잡한 마음에 쉽게 잠들지 못했다. 미혼부 연예인의 대시를 받는다는 건 평범한 연애와는 시작점이 달랐다. 감당해낼 수 있겠느냐고 스스로의 깊이부터 재야 했으니까.

그는 이문세의 '소녀' 한 곡을 부르고는
술기운과 함께 깊은 잠에 빠졌다. 싱겁기도 해라.
나는 자는 그의 얼굴을 자세히 들여다보았다.
지나치게 잘생긴 비현실적인 얼굴.
나와는 다른 세계의 사람이 분명했다.

마음이란 건 이렇게 순식간에
휙휙 노선을 바꿔버린다

———

　　승현은 시작된 발걸음을 어찌할 줄 모르고 앞만 보고 달리는 경주마 같았다. 하루가 멀다 하고 만나자, 술 먹자, 영화 보자 나를 보챘다. 그 기간이 거의 한 달 가까이 이어졌는데, 재밌는 건 본인이 그렇게 열심히 대시했다는 사실을 지금은 전혀 기억하지 못한다는 것이다. 어째서일까.

　　그의 대시가 계속되던 어느 날, 나는 엄마와 함께 있었다.

　　"김승현 알지?"

　　"너 하는 프로그램에 나오는 사람이잖아."

"응, 그 사람 좀 바보 같지 않아?"

"남의 집 귀한 자식한테 왜 바보 같다 그러니? 착해 보이기만 하던데."

"자꾸 나한테 만나자고 하는데 성가셔."

"만나나 봐라."

엄마는 내가 만나는 남자에 대해 꽤 까다롭게 구는 편이었다. 서른여섯 살까지 결혼하지 않은 혹은 결혼하지 못한 요소 중 하나에는 엄마란 벽도 있었다. 그런데 이렇게 쉽게 만나보라고 한다고? 나는 은근히 엄마에게 가스라이팅 당하며 자란 게 맞다. 엄마의 말 한마디에 난 한 달 만에 승현과 약속을 잡았다.

승현은 일요일 3시 삼성역에서 만나 영화를 보고 밥을 먹자고 했다. 연예인과 사적으로 밖에서 만난다는 사실부터가 엄청난 부담이었다. 그냥 나갈 순 없어 미용실에서 드라이도 하고 외출 준비를 일찌감치 마쳤다. 그런데 문자가 와서는 촬영이 늦어진다며 5시에 보자고 했다. 뭐 그 정도야 기다릴 수 있지. 그런데 다시 7시, 8시 약속이 계속 미뤄졌다. 머리 드라이한 게 아까워 눕지도 못하고 있는데 짜증이 머리

꼭지까지 올라왔다.

그냥 다음에 보죠.

아니에요. 오늘 꼭 봐야 해요.

날은 많은데 오늘 꼭 봐야 하는 이유가 무엇인가. 밤이 되자 장대비가 쏟아지기 시작했다. 승현은 오래 기다리게 한 탓에 마음이 급했는지 일단 자기가 촬영하고 있는 곳으로 오라고 했다. 택시를 타고 빗속을 가르며 그가 있는 곳으로 향했다. 지금 생각하면 내가 왜 하라는 대로 고분고분 따랐는지 모르겠다. 전혀 그런 성격이 아닌데 말이다.

빗길을 뚫고 승현이 오라고 한 곳은 광진구의 한 회관이었다. 그곳에선 그를 제2의 전성기로 끌어올린 프로그램 〈살림남〉 촬영이 한창이었다. KBS 전국노래자랑 예심에 승현의 아버지, 큰아버지, 작은아버지가 참여했고 가족들이 그걸 응원하는 내용의 촬영이었다. 회관 로비에서 기다리라고 해서 소파에 가만히 앉아 있었는데 별안간 촬영이 끝난 승현과 그의 가족들이 우르르 몰려나왔다. 나는 엉거주춤 가족들에게 목례를 했고 승현은 급히 나를 데리고 밖으로 나왔다. 그사이 비는 개어 있었다. 승현은 자기가 잘 아는 곱창집이 있으니 택시를 타고 강남으로 가자고 했다. 지금 생각해보면 온종일 나를 기다리게 하고 게다가 뺑뺑이까지 돌린 상황인데 난 왜 화가 나지 않았을까. 보라, 인연이 되려면 어떻게든 된다.

밤 10시가 다 되어서야 드디어 승현과 곱창집에 마주 앉았다. 무슨 이야기를 해야 하나 난감했다. 그는 쓸데없는 얘기들을 늘어놓기 시작했다. 같이 일하는 작가와 피디들에 대해 묻더니 나의 앞날을 걱정하기 시작했다. 지금 누가 누굴 걱정하고 있는 거지? 나에게 이성적으로 호감이 있었다고 느낀 건 완전 나의 착각이었나? 방송작가에게 쉬는 날이 얼마나 소중한데, 종일 기다리게 하더니 웬 오지랖? 분했다. 짜증이 밀려왔다. 그때 나는 무슨 말을 기대했길래.

오늘은 망친 날이다. 실컷 먹고 집에 들어가 잠이나 잘 심보로 소주를 열심히 마셔댔다. 둘이 소주 4병을 금세 비웠다. 내 주량은 소주 한 병 반이고, 결혼해 살아보니 승현은

나보다 주량이 약하다. 당시 네 병을 마셨으니 아마 둘 다
취했으리라. 그렇게 곱창집 밖으로 나왔다. 그런데 대뜸 승
현이 이런 말을 했다.

"장 작가, 우리 사귈래요?"

응? 아니 도대체 누가 깜빡이도 안 켜고 훅 들어온단
말인가. 저 남자는 취한 거다. 저건 주사다. 어머머 주사 참
참신하네. 나는 필사적으로 싫다고 거절했다. 개었던 하늘에
서 다시 장대비가 쏟아지기 시작했다. 택시를 타고 집으로
돌아가는 길에 생각했다. 웃기는 사람 다 보겠네. 허, 별꼴이
야. 이런 마음들이 톡톡 터지더니만 이내 희미한 미련이 남았
다. 진심이라면 또 연락하겠지.

지금 생각해도 내 마음이 언제 어떻게 그에게로 향했는
지 모르겠다. 난 분명 그에게 아무런 관심이 없었는데 부담
스러웠는데. 마음이란 건 이렇게 순식간에 휙휙 노선을 바꿔
버린다.

그리고 다음 날 아침, 그에게는 연락이 없었다.

난 분명 그에게 아무런 관심이 없었는데.

부담스러웠는데.

마음이란 건 이렇게 순식간에

휙휙 노선을 바꿔버린다.

서로의 빨래가
섞이는 일

―――

역시나 주사였구나 생각했다. 승현은 잠에서 깨 숙취에 시달리며 어젯밤 나에게 한 실수를 생각하며 민망해할 것이다. 쳇, 그럼 그렇지. 그러면서 또 생각했다. 아침부터 스케줄이 있어서 바쁜 건 아닐까? 아직 자나? 서른여섯 살이 돼도 연애에 관해선 하는 짓이 스무 살짜리와 다름없다.

출근해서도 일이 손에 잡히지 않았다. 계속 시계만 보았다. 오후 12시가 넘고 1시가 넘었다. 이제 승현은 나에게 연락하지 않을 것이라고 확신했다. 어쩐지 서운한 마음이 흘러넘쳐 혼자 담아둘 수가 없었다. 친구에게 톡으로 고해성사하듯 그간 있었던 일들과 지금 상황을 설명했다.

> 연락이 없으면 더 잘된 거 아니야?
> 이젠 귀찮게 연락 안 오겠네.

> 그게 아니라……

> 아쉬운 거야? 그럼 진짜 사귀기라
> 도 하게?

> 그건 아니지……

> 그럼 뭘 더 바래. 그러려니 해.

> 그게……

　　내 마음이 무엇을 원하는지 몰라 친구도 나도 답답하
긴 마찬가지였다. 그래도 이왕 들이댔으면 좀 더 들이대보
지, 이렇게 한밤의 해프닝으로 흘려보내긴 아쉬웠던 게 솔직
한 속마음이었다. 승현을 향한 내 마음은 그렇지도, 그렇지

않은 것도 아닌 어디쯤에서 팔랑이고 있었다. 무엇도 정확하지 않은 이런 상황은 딱 질색인데.

왔어.

응? 뭐가.

톡이 왔어.

뭐라고?

오후 2시쯤이었다. 승현에게 온 톡은 내 마음을 완벽하게 '그렇다' 쪽으로 쏠리게 했다.

우리 6월 1일부터 사귀는 거 알지요?

승현은 본인이 어제 6월 1일부터 사귀자고 말했고, 내가 그러자고 했다고 했다. 모두 거짓말이었다. 왜냐면 난 취하긴 했지만 어제 상황을 다 기억하고 있었다. 내가 기억 안

난다고 한 발 슬쩍 빼자, 승현은 그러거나 말거나 공사 구분해서 잘 만나보자며 하트 이모티콘을 날렸다. 웃음이 삐질삐질 삐져나왔다. 마주 보고 앉아 일하고 있던 작가가 나를 이상하게 쳐다보았다. 나는 입술을 앙다물고 표정을 제자리로 돌려놓았지만 들뜬 마음은 어쩔 수가 없었다. 그렇게 뻔한 수작에 기꺼이 속는 쪽을 택하며 우리의 1일이 시작됐다.

나중에 그와 그날에 대해 이야기한 적이 있다. 그는 나에게 호감을 표시한 그 순간부터 이 여자와 연애하고 결혼하리란 확신이 있었다고 한다. 처음 둘이 만난 그날은 본인이 고백하기로 작정한 날이었고, 때문에 나를 오랜 시간 기다리게 하더라도 꼭 만나야 한다고 생각했다고 한다. 그날이 아니면 또다시 기회는 없으리라 어렴풋이 느껴졌다 했다. 도대체 나의 무엇이 당신의 마음을 그토록 확고하게 만들었냐 물으니, 거기에 대해선 확실히 답하지 못했다. 지금도 서로에게 끌린 이유를 종종 묻긴 하지만, 알 수 없다. 그냥 그때의 우린 그렇게 엮였다.

승현은 이후 본인의 자취방이 있는 강남에서 마포까지

거의 매일 나를 보러 왔다. 그렇게 하루 걸러 하루 내 자취방에 머물더니 이삼일씩 지내다 갔다. 그러더니 어느 날은 일주일치씩 짐을 싸와 지내더니 빨래를 내 빨래통에 넣기 시작했다. 그렇게 승현과의 동거 아닌 동거가 시작됐다.

궤도 안의 여자,
궤도 밖의 남자

———

　나는 서른네 살까지 부모님과 살았다. 부모님은 나름 엄한 편이었기에 난 항상 통금시간을 지켜야 했다. 대학교에 다닐 땐 통금시간이 10시였다. 아르바이트를 하는 것도 용납하지 않으셔서 부모님에게 용돈을 타서 썼는데, 정해진 시간에 귀가하지 않으면 그 주 용돈을 받지 못했다.

　노는 걸 좋아하는 사람들은 알겠지만 모든 자리는 보통 10시부터 재밌어진다. 술이 어느 정도 오르고 그와 비례해 흥이 차기 시작하는 시간 10시. 하지만 난 10시 전에 귀가하려면 9시 반에는 일어나야 했고 항상 아쉬움이 남은 상태로 귀가해야 했다. 한번은 오늘은 반항하리라 마음먹고 집에 가지 않았다. 당연히 부모님에게 전화가 왔다. 그 전화까지 받지 말았어야 했지만, 난 잘 쪼는 편이라 전화를 받았고 순순히 어디에 누구랑 있는지 밝혔다. 엄마가 알았다고 하고 끊기에 오늘은 봐주는 날인가보다 하고 신이 났는데 잠시 후에 엄마에게 다시 전화가 왔다.

"술집 앞이니까 나와."

그때까지 난 청소년기에서 벗어나지 못한, 그러니까 덜 자란 상태였던 것 같다. 짜증을 낼 법도 한데 그저 순응하며 술집에서 나왔다.

"엄마가 데리러 왔대. 나 가야 돼."

친구들은 황당한 표정을 지으며 날 쳐다보았다.

대학교 4학년 때부터 방송작가 일을 시작했다. 사회생활이 시작되자 부모님은 모든 지원을 끊었다. 아직도 첫 월급 받은 날의 기억이 생생하다. 세금을 뗀다는 게 무슨 말인지도 몰랐던 그때, 막내 작가 월급이 80만 원이었는데 통장에 찍힌 건 77만 원 정도였다. 난 놀라서 피디님께 달려가 월급이 잘못 들어왔다고 말했다. 피디님은 웃으며 프리랜서는

3.3% 세금을 떼고 페이를 받는다는 사실을 알려주셨다. 그 3만 원이 얼마나 아쉬웠는지 억울하기까지 했다.

어쨌든 부모님은 그 쥐꼬리만 한 돈에서 30만 원씩 저금하라고 말씀하셨다. 어느 달은 했고, 어느 달은 하지 못했다. 경제적으로 독립했지만 여전히 통금시간은 존재했다. 나는 회식을 하다가도 밤 12시가 되면 귀가해야 했다. 그 시절, 막내 작가는 출근 시간은 있지만 퇴근 시간은 정해져 있지 않았다. 선배 작가 모두가 집에 돌아가는 시간이 나의 퇴근 시간이었다. 지금 생각해보면 왜 그렇게까지 해야 했나 싶다. 그러나 어쨌든 그때는 선배 작가들은 본인이 대본을 쓰는 시간에도 나를 옆에 앉혀놓았다. 그녀들은 새벽까지 일하기도 하고, 밤을 꼴딱 새기도 했다. 그러면서 고작 시키는 일은 세수하러 가는데 따라와라, 떡볶이 사와라, 커피 타와라였다. 부모님은 당연히 방송작가란 직업을 마음에 들어 하지 않았고, 이제라도 그만두고 안정된 직장을 찾기를 원했다.

방송작가가 된 지 5~6년 차 정도 되었을 때 나는 그 당시 꽤 이슈였던 프로그램을 맡고 있었다. 이슈가 되는 만큼

일의 강도는 셌다. 이틀인가 삼일 집에 들어가지 못했다. 그러자 부모님의 인내심에 한계가 왔다. 도대체 왜 그렇게 밤을 새면서까지 일을 해야 하냐는 것이었다. 부모님에게 번갈아 가면서 전화가 왔고 당장 그만두고 집으로 오라 했다. 비상구 계단에 앉아 울면서 애원했다. 제발 일하게 해달라고. 보통 부모님들은 자식에게 직장이 아무리 힘들어도 버티라고 하지 않나? 자식이 제발 일하게 해달라고 하는 건 조금 이상하지 않나? 지금 생각해보니 그렇다.

부모님은 한 번도 나에게 버티라고 말한 적이 없다. 내가 방송국에서 있었던 힘든 일을 이야기하면 항상 그만두라고 말했다. 그래서 난 집에서 힘든 티도 낼 수 없었다. 내가 좋아하는 일이고, 하고 싶은 일이기에 지켜고 싶었다.

모든 연애도 엄마의 간섭을 받았다. 엄마는 웬만해선 누구도 마음에 들어 하지 않았다. 나는 사실 연애를 쉰 적이 거의 없지만 엄마에겐 연애를 밝힌 적이 없다. 웬만해선 엄마 마음에 차지 않을 테니까, 결혼을 결심한다면 반드시 고난이 따를 거라고 예상했고 생각만 해도 피곤했다.

부모님에게서 벗어나는 자유를 항상 갈망했다. 어디에

누구를 만나러 가는지 보고하지 않아도 되는 삶, 언제 들어올거냐는 전화를 받지 않아도 되는 삶, 새벽까지 실컷 노는 삶, 외박도 여행도 자유로운 삶, 이른 아침부터 부모님이 생활하는 소리에 깨지 않고 늘어지게 자는 삶 등을 꿈꿨다. 이십 대일 때 부모님은 서른이 되면 집을 나가라고 했지만 서른이 되자 집을 나가는 건 절대 안 된다고 말을 바꾸었다. 그러다 나는 한계치에 도달했다.

서른네 살의 어느 봄날, 자정이 가까운 시간에 거실 소파에 누워 TV를 보고 있었다. 아빠가 물을 마시기 위해 방에서 나왔는데 나를 보더니 별안간 '쯧' 입천장 차는 소리를 내었다. '쯧' 겨우 한 음절의 말이 나를 슬프게 만들었다. 노처녀 천덕꾸러기 딸이 된 듯했다. 더 이상 이 곳은 내가 편히 쉴 수 있는 나의 집이 아니었다. 나는 그다음 날 독립할 집을 계약했고 부모님에게 통보했다. 엄마는 울었고 아빠는 호적에서 파낸다고 언성을 높였다. 하지만 나도 참을 만큼 참았더랬다. 나의 집이 필요했다.

시간이 지나고 부모님에게 왜 그렇게까지 나를 과보호했느냐 묻자 "글쎄……." 라며 머리를 긁적이셨다. 하지만 나이가 드니 그 이유를 어렴풋이 알 것도 같다. 딸이 단정한 인생을 살기 바라셨을 것이다. 정상적인 궤도에서 벗어나면 탈이 나기 마련인 법. 그 궤도 안에서 딸을 지키느라 부모님도 꽤 고단했을 거라고 생각한다.

　덕분에 난 별 탈 없이 무난하게 살아왔다. 독립한다고 해서 딱히 색다른 일들이 생기지도 않았고, 그래서 앞으로도 내 인생은 그저 평범하리라 생각했는데…… 미혼부 연예인인 승현과 사랑에 빠진 것이다. 승현의 인생은 항상 궤도 밖에서 맴돌았다. 가난했던 어린 시절에는 목욕탕 청소를 하며 용돈을 벌었고, 고등학교 때 연예인으로 데뷔해 큰 인기를 얻었으며, 19세 미혼부가 되었고, 20대 초반 그 사실이 밝혀지며 많은 이의 비난을 받았다. 그 타격으로 대인기피증을 겪으며 그 당시에 흔하지 않았던 정신과 약도 복용했다. 하지만 가족을 위해 살아내야 했기에 밑바닥부터 다시 시작했다. 잘 풀리지 않았던 20년 가까운 세월들. 궤도 밖에서 혼란했을 인생.

　나는 그때 무슨 생각으로 그 인생을 기꺼이 끌어안기

로 한 걸까. 아마도 궤도 밖의 세상을 한 번도 경험해보지 못
했기에 가능한 일이었다. 무지함과 호기심이 불러낸 용기.

현실과 환상,
그 사이 어딘가

———

승현과의 첫 데이트 날. 나는 사실 어설프고 촌스럽기 짝이 없었다. 멋이란 걸 잘 낼 줄도 모르고 화장도 할 줄 몰랐던 나는 그날따라 엄청나게 멋을 부리고 싶었다. 화장하고, 머리 드라이도 하고, 섹시함을 첨가하기 위해 시스루룩도 입었다. 다리를 길게 보이기 위해 힐도 신었다. 평소와는 다른 모습을 보여주며 승현이 한 번 더 나에게 반하길 바랐다. 거울을 보며 나름 내 모습에 흡족했다. 자신감을 가득 채우고 집을 나섰다. 승현이 저 멀리 보였을 때, 나는 식은땀이 나기 시작했다. 우리가 만난 건 슬슬 더워지기 시작한 5월이었는데 그는 회색 카고바지에 남색 티 하나 입은 심플한 차림이었다. 그에 비해 난 너무 과한 차림새를 하고 있었다. 그 기분 아시는가. 오랜만에 만나는 친구에게 기죽지 않으려고 온갖 좋은 거 다 걸치고 나갔는데 정작 친구는 트레이닝복을 입고 왔을 때의 당혹감, 창피함. 꾸안꾸가 진정한 멋이라는 걸 나는 그땐 알지 못했다! 승현은 나를 보고 조금 당황했던 것 같기도 하다. 하지만 이내 웃음기 가득한 표정으로 변했다. 나는 눈치가 빠르다. 저 사람은 지금 날 비웃고 있어. 얼굴이 화끈거렸다.

"왜 웃어요?"

"귀여워서."

보통의 남녀가 데이트할 때 남의 시선을 의식할 일은 별로 없다. 하지만 승현은 많은 사람이 알아보는 연예인이기에 나란히 걷고 있는 내 마음이 마냥 편치만은 않았다. 그에게 꽂혔다 나에게 꽂히는 사람들의 눈길이 느껴졌다.

'이러다 스캔들이라도 나면 어떡해!'

연예인들은 으레 연애 사실을 숨기곤 하지 않는가. 난 승현의 프라이버시를 지켜줘야 한다고 생각해서 승현보다 한 발자국 뒤로 걷기 시작했다. 승현은 그런 나를 자꾸 뒤돌아보더니 덥석 내 손을 잡았다. 그게 그와의 공식 첫 스킨십이었다. 꼭 잡은 두 손이 어색해 나는 무슨 말이라도 해야했다.

"누가 보면 어떡하려고요."

"무슨 상관이야."

그 말에 어쩐지 마음이 놓였다. 연예인이라는 프레임에 그를 가둬놓고, 앞뒤가 다를 것이라 생각하며 긴장했던 첫 데이트. 하지만 그는 보이는 그대로 소탈했고 가식이 없었다. 내 우스꽝스러운 치장도 전혀 개의치 않았다. 승현은 다행히 겉보다 내면을 들여다볼 줄 아는 사람이었다. 이렇게 말하면 내 내면이 아름답다는 자화자찬이 되는 건가.

우린 어색하게 손을 잡고 첫 데이트를 즐겼다. 삼겹살에 소주를 마시고 2차로 와인집에 갔다. 와인집에서 승현은 취해 비틀거리다 테이블을 엎었고, 할 수 없이 똑같은 와인과 안주를 두 번 주문해야 했다. 그리고 이내 승현은 앉은채 잠들어버렸고(이후 안 사실이지만, 그는 술에 취하면 종종 잔다), 나는 혼자서 새로 나온 와인 한 병을 비웠다. 승현의 자는 얼굴을 보며 생각했다.

'정말, 당신이 내 남자친구라고? 어쩌다가?'

현실과 환상, 그 사이 어딘가에서 조금은 혼란스러웠고 특별한 기분을 느끼고 있었다. 한 시간 정도 푹 잔 승현은 개운하게 일어났다. 밖으로 나와 앱으로 부른 택시를 기다리는데 승현이 날 와락 안았다. 술기운에 어색함은 사라진 뒤였다. 나도 그의 허리를 와락 안았다. 그렇게…… 그날이 우리의 첫날밤이었던가.

내가 누구냐고
묻는 그들에게

———

승현은 일이 없어도 매일 밖으로 나가야 하는 사람이었다. 우린 매일같이 새로운 카페나 음식점에 찾아가고 전시회를 다녔다. 아침 일찍 일어나는 날에는 당일치기로 바다를 보러 가기도 하고, 새벽에 갑자기 나가 산책하거나 심야영화를 보기도 했다. 정해진 틀에서 살던 나란 사람에게는 모든게 일탈이었다. 승현으로 인해 비로소 완벽해진 독립생활이었다. 자유롭고 짜릿한.

승현은 항상 사람들의 시선을 몰고 다녔다. 대부분의 사람은 알아보아도 금세 시선을 거두고 모른 척 지나가지만 몇몇 분들은 인사를 하기도 하고 안부를 묻기도 했다.

"승현씨~ 반가워요! 부모님 잘 지내시죠?"

"승현씨! 실물이 훨씬 낫네!"

실컷 인사를 주고받은 사람들은 그제야 옆에 있는 나를 봤다. 승현의 화려한 외모에 비해 평범하기 그지없는 나란 여자를 그들은 의아하게 쳐다보기도 했고, 어떤 이는 넘겨짚기도 했다.

"옆에 여자분은 매니저?"

등으로 땀줄기 하나가 찐하게 흘러내렸다. 나는 서로가 민망하지 않은 상황을 위해 얼른 대답했다.

"네, 맞아요."

승현은 순간 나를 째려봤는데, 뭐 하는 짓이냐는 표정이었다.

"여자친구예요."

승현이 힘주어 말했다. 매니저냐고 물어본 분은 너무나 미안해하며 재빨리 자리를 떴다. 고백하건데, 이런 몇몇 상황들로 인해 외모콤플렉스에 시달리기도 했다. 한 번도 내외모에 대해 불만을 가진 적이 없기에 '왜 승현을 만나 이 수

나의 존재를, 가치를, 있는 그대로
인정받는 것이란 얼마나 어려운 일인가.

모를 겪어야 하는지'에 대한 자기연민에 빠지기도 했다. 그럴 때마다 승현은 내 손을 더 꼭 잡았고, 모든 이에게 나의 존재를 확실하게 말했다.

한번은 승현이 출연한 방송을 보는데, MC가 승현에게 짓궂게 굴며 질문을 던졌다.

"그래서 승현 씨, 지금 연애해요? 안 해요?"

승현은 긍정의 함박웃음을 지었고 출연자들 모두 그의 솔직함에 당황했다. 우리는 고작 한 달 정도 만났을 뿐이기에 그가 나를 숨긴다 해도 이해할 수 있었다. 하지만 그는 단 한 번도, 아주 조그맣게도 나의 존재를 부정하지 않았다.

연애하다 보면 상대가 나를 재보거나 따져보고 있다는 불안한 마음이 들기도 한다. 나 또한 줄곧 그런 연애를 했다. 나의 외모, 사회적 위치, 집안 수준 등을 고려했던 치사한 몇몇들. 나의 존재를, 가치를, 있는 그대로 인정받는 것이란 얼마나 어려운 일인가.

승현은 내가 태어나 처음으로 만나본 가장 근사한 남자였다. 치사함 0%.

물론 결혼 후, 그의 치사함의 정도는 조금 달라졌다. 그건 나중에 다시 얘기하겠다.

결혼이라는 말에
그의 동공은 흔들렸다

———

　　결혼은 어떤 확신이 들어 하게 되는 것인지 내내 궁금
했다. 어떤 이들은 처음 보자마자 결혼하겠다는 느낌이 들었
다는데 신내림 받은 게 아니고서야 그게 정말 가능한 걸까?
승현을 만나기 전, 나도 결혼을 생각한 상대가 있긴 있었다.
중학교 때부터 만나고 헤어짐을 반복하면서 서른 살 넘어서
까지 인연을 이어갔다. 한때는 그와 결혼하는 것이 당연하다
고 생각했지만 시간이 흐를수록 정말로 결혼하게 될까봐 두
려웠다. 나는 필사적으로 도망갔다가 다시 돌아가기를 반복
했다. 그러다 결국 문자로 이별을 통보했다. 나와 그 사람이

문자 한 통으로 완벽한 이별을 했다는 것에 주변 사람들도 놀랐다. '결혼할 줄 알았는데…….' 모두 그렇게 얘기했다. 하지만 함께한 시간과 서로에 대한 확신이 꼭 비례하는 건 아니었다. 이후에도 사랑했지만 결혼하고 싶은 정도의 확신의 상대를 찾지 못했다. 그럴수록 더 궁금했다. 도대체 결혼은 어쩌다가 어떻게 하게 되는 걸까?

승현과 사귀어 보기로 결심했을 땐 그냥 만나나 보자, 가볍게 생각했다. 언제 헤어지더라도 조금만 아프고 금방 회복될 마음 정도만 할애하자고 다짐도 했다. 그때의 난, 더는 어떤 것으로도 타격받고 싶지 않았고 더 이상 자존감을 깎아먹고 싶지 않았다. 무엇에든 마음을 덜 쓰는 것이 날 위한 방어책이라 생각했다. 그런데 승현은 만난 지 한 달 만에 갑자기 결혼에 대한 이야기를 꺼냈다. 경의선숲길이 내려다보이는 어느 바에서 맥주를 마시고 있던 때였다.

"장 작가, 경의선숲길에서도 결혼식을 할 수 있을까?"

"뭐…… 불가능하진 않겠죠."

"우리 결혼식을 여기서 하는 건 어때?"

나는 놀라서 승현의 커다란 눈을 가만히 쳐다보았다.

진심인가? 아니면 만나는 여자마다 결혼 이야기를 꺼내는 상습범인가? 그는 어서 자기의 의견에 동조해달라는 듯 기대에 찬 눈빛으로 나를 채근했다. 뻘쭘한 분위기를 만들고 싶지 않아 대충 대답하는 걸 택했다.

"네, 뭐……."

그는 신나서 자신이 생각하는 구체적인 결혼식 그림을 설명하기 시작했다. 일반적으로 입는 검정색, 하얀색 턱시도보다는 남색 턱시도를 입고 싶으며 나도 최대한 심플한 드레스를 입었으면 좋겠다고 했다. 등장할 때 음악은 이런 거, 축가는 누구, 음식은 근처 식당 어떤 곳. 하객은 따로 부르겠지만 지나가는 모든 사람이 우리의 결혼식을 축하해주면 얼마나 기쁘겠냐며 들떠서 말했다. 진짜로 결혼을 하냐, 안 하냐를 떠나 내가 생각하는 결혼식과 다르다는 말이 목구멍까지 올라왔지만 꾹 삼키고 맞장구를 쳤다.

며칠 뒤 그와 영화를 보러 신촌에 갔다. 영화 상영까지 꽤 시간이 남아 우린 카페에 앉아 이런저런 이야기를 하고 있었는데 갑자기 승현은 뭔가 생각난 듯 핸드폰을 뒤지더니 사진 한 장을 보여주었다. 한 명품 브랜드의 반지 사진이었다.

"난 이 반지 예쁜데, 장 작가는 어때?"

"예쁘네요."

역시 내 스타일이 아니었지만 대충 맞춰주기 위해 그렇게 대답했다. 그런데 그는 갑자기 자리에서 일어났다.

"지금 백화점 가보자. 가서 사이즈 있으면 바로 사자."

본인 것을 산다는 건지, 내 것을 사준다는 건지, 아니면 우리 것을 사자는 건지 모르는 채 나는 어리바리하게 그를 따라 백화점으로 들어섰다. 그는 점원에게 반지 사진을 보여주며 우리 둘에게 맞는 사이즈가 있는지 봐달라고 했다. 커플링을 맞추자는 건가? 영문도 모른 채 점원에게 손가락을 내밀고 있는데 그가 말했다.

"이 반지는 결혼반지로도 많이 낀대. 결혼할 때 따로 반지 맞출 필요가 없는 거지."

이 사람은 정말 나랑 결혼하려는 걸까? 그는 반지 두 개를 결제하면서 점원에게 다이아반지는 얼마인지 물었다. 점원은 친절하게 설명하며 말했다.

"조만간 다이아반지 사러 오실 거 같네요. 꼭 저희 매장으로 오세요."

영화를 보는 내내 혼란스러우면서 조금 화가 났다. 이 사람, 왜 이렇게 자기 마음대로지? 결혼이라는 말이 그렇게 쉬운가? 정말 결혼할 거라면 진지하게 먼저 나랑 이야기하는 게 먼저 아닐까?

영화가 끝나고, 난 확실히 하고 싶어 그에게 물었다.

"선배, 정말 나랑 결혼할 생각이 있어서 그러는 거예요?"

기대했던 대답과는 달리, 승현의 동공은 크게 흔들렸고 그는 어버버하며 말끝을 흐렸다. 어디선가 이런 말을 들은 적 있다. 어떤 관계를 오래 유지하려면 '오해'를 만들지 말라고. 오해와 오해가 겹친 그날, 나는 확신을 가지지 못함에 조금 씁쓸했다.

사랑에 눈이 멀면
어떻게 되는지 똑똑히 봐

———

　가볍게 생각하기로 했지만 시간이 갈수록 난 점점 사랑에 눈이 멀었다. 승현은 볼수록 괜찮은 남자였다. 큰 키에 잘생긴 얼굴에 까무잡잡한 피부까지 내 외적 이상형에 제대로 부합했다. 돈 가지고 치사하게 굴지 않았고 와인을 좋아하는 나에게 비싼 와인도 서슴지 않고 사줬다. 본인 의상을 준비하러 쇼핑을 가면 꼭 내 옷과 신발도 사왔다. 꽃도 자주 선물했다. 어디에서 데이트할 건지 성실하게 준비했고, 데이트는 항상 새로웠고 마음에 쏙 들었다. 그리고 늘 나와 붙어있기를 원했다. 오로지 나만 바라보는 승현으로 인해 내 삶은 충만해졌다. 더 이상 내 인생에 상처도 외로움도 없을 것 같았다. 그에게 달린 미혼부라는 꼬리표는 아무것도 아니었다. 이런 생각까지 했다. 생전에 날 특별히 예뻐하시던 할아버지, 할머니가 하늘나라에서 괜찮은 남자를 골라 점지해주신 건 아닐까. 그가 환생한 예수님이라 해도 믿을 만큼 점점 사태는 심각해졌다.

　엄마는 내 연애 사실을 알고 있었다. 그동안 내 남자친구에 대해서 높은 잣대를 들이밀었던 엄마는 딸이 나이가 많아 그랬는지, 승현이 연예인이라 그랬는지, 아니면 이 만남을 가볍게 생각해서 그랬는지 반대하는 기색이 없었다. 어쩌면 승현이 종종 챙겨준 선물에 기분이 좋았는지도 모른다. 아무튼 엄마는 승현에게 매번 받기만 하기 미안하니 밥을 한 번 사주고 싶다고 말했다.

　"선배, 엄마가 밥 한 번 사주고 싶다는데 괜찮아요?"

　"사주신다는데 감사하지."

　하지만 우리 집에 단 한 명, 세련되지 못하고 쿨하지 못한 이가 있었으니…… 바로 아빠다. 사실 처음부터 아빠까지 같이 볼 생각은 아니었는데, 엄마가 내 연애 사실을 알리고 같이 보자고 부추긴 모양이었다.

"정윤아, 아빠가 안 만나겠대."

"왜?"

"글쎄. 아빠는 고민이 많은가봐."

"그냥 한 번 보는 건데 뭐가 문제야."

나는 아빠의 입장을 생각하기보다 이 약속을 취소하면 승현이 상처받게 될까 두려웠다. 승현은 종종 이야기했다. 부모님이 반대하는 결혼은 절대 해서는 안 된다고. 아이 엄마와 헤어진 이유 중 하나가 양가 어른들 간의 불화였고 거기에 깊은 트라우마가 있는 듯했다. 승현에게 정말로 나와 결혼할 거냐고 물었을 때, 그의 동공이 흔들렸던 이유를 난 대충 짐작하고 있었다. 나의 부모님이 우리의 결혼을 허락해 주리란 확신이 없었기 때문에.

승현에게 조금도 상처주고 싶지 않았다. 또 부모님의 반대를 알고 승현이 떠날까봐 겁이 났다. 우리 부모님과의 만남을 절대적으로 추진시켜야겠다고 다짐했다. 승현은 몰랐겠지만 난 매 순간 용기를 내야 했다. 사랑에 눈이 멀었기에, 그 사랑을 쟁취하기 위해.

의외로 어렵고
쉬웠던

───

　나는 불효녀로 변해 폭격기처럼 울고 소리치며 아빠와 엄마를 설득했다. 사실 그때 뭐라고 말했는지 잘 기억나진 않는다. 그냥 제발 한 번만 만나보라고 생떼를 부렸던 것 같다. 맞서는 일이 잘 없던 딸이 이 난리를 치니, 엄마 아빠도 적잖게 놀랐을 것이다. 결국 아빠가 백기를 들었다.

　"그냥 만나는 건 의미 없어. 둘이 결혼까지 생각하는 진지한 마음이라면 만나보마."

　승현이 그동안 결혼 이야기를 슬쩍슬쩍 꺼내긴 했지만 엄연히 따지자면 우린 확실하게 결혼을 약속한 건 아니었다.

이번엔 내 동공이 흔들렸다. 그래도 일단 지르고 봐야 했다.

"그래. 결혼 할 거야! 한다고!"

하지만 집으로 돌아가는 길 승현에게 결혼 이야기를 어떻게 꺼내야 할지 매우 난감했다. 그날 밤, 그에게 에둘러 말을 꺼냈다.

"선배, 그 우리 엄마 아빠 만나는 거요. 부담스럽진 않아요?"

"아니. 전혀 아닌데."

"엄마랑 아빠는 좀 진지하게 생각하실 수도 있을 거 같아서요."

"나도 진지하게 생각하는데."

아빠와 엄마는 승현을 만나기 전 승현과 가족들이 나오는 프로그램 〈살림남〉을 정주행했고 선한 가족들의 모습에 마음이 놓였다고 했다. 아빠는 단골 중국집을 예약하고 비싼 중국술도 한 병 사놓으며 승현과의 만남을 준비했다. 그리고 그날이 왔다. 승현과 함께 중국집으로 향하는 길 그는 유독 말이 없었고 손을 내내 바지에 쓸어 닦았다.

아빠와 승현은 독하디독한 중국술을 두 병은 마신 거

같다. 긴장한 탓인지 코스로 나오는 중국요리를 승현은 한 접시도 제대로 먹지 못했다. 빈속에 독한 술을 그리 부어댔는데도 승현은 제정신을 유지했다. 분위기는 좋았다. 아빠는 술도 잘 받아 마시고 대답도 시원시원하게 하는 승현이 예뻤나보다. 아빠의 마지막 질문까지 승현은 무사히 통과했다.

"자네, 내 딸을 어떻게 생각하나?"
(물론 이렇게 묻진 않았지만, 맥락은 같은 질문이었다)

"네! 결혼까지 하고 싶습니다!"
(물론 이렇게 대답하진 않았다)

승현은 엄마, 아빠와 헤어진 후에야 완전히 취해버렸다. 택시를 잡으러 가는 길. 갈지자로 걷기 시작하더니 힘겹게 말했다.

"난 최선을 다했어. 이젠 몰라."

많이 긴장한 탓에 본인을 마음에 들어 하는 엄마와 아빠의 눈빛을 놓쳤나보다. 승현도 이 만남을 앞두고 나만큼 마음고생을 했던 걸까. 혹시나 사랑하는 여자의 부모님이 미혼부란 이유로 자신을 내치실까봐. 집으로 향하는 길 그의 등을 토닥토닥 다독였다.

이게 우리가 만난 지 두 달도 안 되어 일어난 일이다.
사랑은 무섭다. 급속도로 인생을 변화시킨다.

CHAPTER 2

사랑은 사랑
그 자체로 충분해

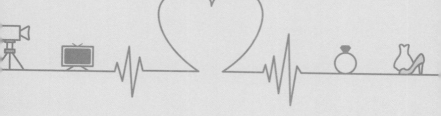

내가 알 수 없는
이야기

———

솔직한 마음을 말해볼까. 만약 승현의 딸이 어렸더라면 내가 아무리 그를 사랑한다 해도 쉽게 결혼을 결심할 순 없었을 거다. 그녀는 갓 스무 살이 된 대학교 새내기였다. 크게 내가 감당해야 할 문제는 없을 터였다. 방송에서 승현의 딸이 했던 말 중 몇 개 기억에 남는 것들이 있다. 승현의 원가족에 본인이 끼어있는 이방인 같다는 말, 아빠가 앞으로 결혼하게 된다면 그 여자가 자기를 인정하는 게 가장 큰 일이 될 거라는 말. 많은 아픔을 견뎌온 말인 게 느껴져 TV를 보며 눈물을 글썽거렸더랬다. 내가 그 가족원이 될 줄 모르고.

이번엔 내가 승현의 부모님에게 인사를 드릴 차례였다. 승현의 부모님 집에 도착하자 그의 딸도 방에서 나와 인사를 했다. 작고 귀여운 얼굴. 그녀는 그렇게 짧은 인사만 남기고 방으로 들어가 나오지 않았다. 어머님은 식탁 가득 요리들을 차려놓으셨다. 다짜고짜 밥부터 먹으려니 잘 들어가지 않았다. 승현의 부모님은 계속 한 가지 말씀만 반복하셨는데 그 말이 내내 마음에 걸렸다.

"수빈이는 신경 쓰지 마. 죽을 때까지 우리가 책임질 거야. 너네끼리 잘 살아. 그러면 돼."

혹시 방에서 승현의 딸이 이 말을 들을까봐 나는 내내 마음을 졸였다. 하지만 그렇게 말씀하시는 부모님 마음도 모르는 바는 아니었다. 미혼부라는 꼬리표를 달고 바닥으로 내동댕이쳐진 아들. 그 세월만 거진 20년이었다. 아들의 행복을 바라는 건 부모로서 당연한 거였다. 그렇기에 승현이 결혼하면 지금까지 그랬듯 손녀딸을 끌어안고 평생 책임지겠다고 다짐하고 또 다짐하셨을 것이다.

그래도 어머님 인생에 손녀딸이 없었다면 아마 무척 외로우셨을 거라고 생각한다. 아버님은 여러 가지 문제로 어머님을 속상하게 하셨고 아들 둘은 일찌감치 독립해 곁에 없었다. 잘나가던 큰아들 승현이 대중의 뭇매를 맞고 헤맬 때 어머님도 죽고 싶었다고 하셨다. 아파트 베란다에 서서 하염없이 밖을 내다보며 시간을 보내셨다 했다. 그러다 비로소 어린 손녀딸의 울음소리에 정신을 차리곤 하셨다 했다. 어머님 마음속 사랑의 강도는 알 수 없지만, 승현의 딸은 어머님이 인생을 사시는 데 아들들보다 더 필요한 존재였을 것이라 어렴풋이 짐작했다.

그날 집으로 돌아오며 승현의 딸과 어떻게 지내야 할지 고민했다. 여러 날의 고민 끝에 나는 그냥 흘러가듯 두기로 했다. 감히 그 아이의 마음을 내가 헤아릴 수 있을까. 무턱대고 다가갔다간 더 큰 상처를 줄 수도 있진 않을까. 그냥 어쩌다 만난 인생의 언니, 아빠의 아내, 그리고 그녀가 필요로 할 땐 엄마가 될 수 있는 존재. 그렇게 시간에 맡겨 보기로 했다.

8월 말 상견례를 하기로 했다. 5월에 만났으니 불과 3개월 만에 이 모든 일이 다 벌어졌다. 승현은 나에게 상견례에는 부모님만 가면 되는 거냐 물었다. 가족마다 다르겠지만 난 오빠가 결혼할 때 상견례에 참석했던 기억이 있어 가족 모두가 다 만나야 한다고 했다. 거기엔 당연히 승현의 딸도 포함이었다. 우리 부모님은 그녀를 참 보고 싶어 하셨다. 정이 많은 엄마는 만나면 한 번 안아주고 싶다고 하셨다.

그렇게 상견례 날이 오고, 올 줄 알았던 승현의 딸은 오지 않았다.

사랑은 사랑
그 자체로 충분해

———

상견례가 끝나자 결혼 준비는 일사천리로 진행되었다. 신혼집을 얻고 예식장을 예약했다. 얼떨떨한 기분이었으나 행복하고 설레는 하루하루였다. 어쨌든 결혼식 날까지 잡았으니 친구들에게 승현과의 결혼 소식을 알려야 했다. 나는 차근차근 친한 친구들에게 연락했다. 반응은 다양했다.

"뭐야뭐야~ 어떻게 된 건데!"

호들갑을 떠는 친구들이 가장 고마웠다. 친구들은 내쪽으로 몸을 기울이고 여느 연애담처럼 아무렇지 않게 우리의 이야기를 들으며 더 얘기해보라는 듯 눈을 깜빡였다. 그러면 나는 신이 나서 승현이 나에게 얼마나 질척였는지부터 결혼을 결정하기까지 고민했던 부분들을 남김없이 풀어냈다. 원래 누군가가 결혼할 땐 이렇게 호들갑 좀 떨어줘야 제맛 아닌가. 나중에 생각해보니 그 친구들은 그저 나를 믿었던 것 같다. 내가 허튼 선택은 하지 않을 거라는 믿음. 그래서 마음 놓고 기쁘게 받아들였던 것 같다. 이런 친구도 있었다.

> 나 결혼해.

연예인?

> 헐... 어떻게 알았어?

김승현?

신들린 거 아니고서는 어떻게 이러지 싶었다. 물론 그 친구는 전혀 그쪽은 아니고 단지 촉이 좋은 편이다. 나와 승현의 인스타그램을 둘 다 팔로우하고 있었다면 충분히 눈치 챌 만했다.

축하하지 않는 반응도 있었다. 어쩌면 당연한 마음이다. 그들은 내 앞날이 힘들 거라고 예상했다. 얘기하면 할수록 더 답답한 마음만 생겼다. 편견이란 건 승현을 단지 미혼부 연예인으로 바라볼 뿐, 나에게 얼마나 다정하고 사랑을 주는 사람인지는 보려 하지 않았다. 내가 승현 때문에 얼마나 행복한지 설명해도 있는 그대로 받아들이지 못할 것 같았다. 그런 친구들에게는 그저 어쩌다 보니 그렇게 되었다고 얘기를 끝냈다. 그들은 '그래, 너만 좋으면 됐지.'라며 어두운 표정을 지우지 못했다. 사실 그땐 엄청 서운했다. 사람과 사람이 만나 결혼을 하는데 그게 그렇게 걱정할 일인가. 나는 뾰족한 상태로 혼자 상처를 많이 받았다. 그러나 지금은 안다. 그들은 날 진심으로 걱정했고 아까워했을 것이다. 그런데 그들도 이제는 알까? 사랑은 사랑 그 자체로 충분하다는 걸.

그러던 어느 날, 같은 팀 메인작가님이 나를 불렀다.

"너 승현이랑 사귀지?"

"네? 언니 어떻게 아셨어요?"

"너 티나~."

20년 넘은 방송작가의 촉은 무시 못 하네, 싶었던 나는 아예 지르기로 했다.

"사귀는 것도 맞는데 1월에 결혼해요."

"뭐!!??"

메인작가님에게 걸린 마당에 팀에서 제일 친한 작가에게 숨길 순 없는 일이었다. 메시지를 보냈다.

> 나 결혼해.

뻥치지 마.

> 진짜야.

누구랑 하는데?

> 김승현.

알 만하다.

그 작가도 대충 사귀는 건 눈치채고 있었다고 한다. 하긴, 승현은 녹화 때 멘트 하나 치고 나를 보고, 멘트 하나 치고 나를 보곤 했다. 본인이 매일같이 공사를 구분 짓자 얘기해놓고는 언행불일치였다. 그러는 나는? 나는 승현의 재미없는 멘트에 스튜디오 떠나가라 깔깔대며 웃어주고 있었다. 정말 우리 빼고 제작진 모두가 알 만했다.

그러던 어느 날, 퇴근하려고 짐을 챙기고 있을 때였다. 아는 피디에게 문자가 왔다.

> 김승현 알토란 작가랑 결혼한다는데
> 그 작가 누구예요?

> 누가 그래요?

> 기사 났어요.

나는 너무 당황해서 손을 벌벌 떨기 시작했다. 아무것도 모르던(대충 눈치는 챘던) 후배 작가들이 일제히 나를 쳐다봤다. 기사가 막 여기저기 뿌려지기 시작한 모양이었다.

우리는 주변에 차차 알린 뒤 결혼식 한 달 전인 12월 초에 기사를 내려고 했다. 〈살림남〉으로 승현은 한창 대중의 관심을 받고 있었고 또 평범한 결혼은 아니기에 이목이 집

중되리라 예상했다.

　기사가 난 건 10월 초였다. 어차피 밝혀질 일이었다지
만 나에겐 마음의 준비를 할 시간이 필요했다. 갑자기 닥친
이 일이 공포로 다가왔다. 2019년 당시엔 실시간 검색어 순
위가 있었고 연예인 기사에 댓글들이 달리던 때였다.

선플과
악플 사이

———

    승현의 결혼 기사는 꽤 구체적이었다. 상대는 〈알토란〉이란 프로그램의 작가라는 것과 추석 때 같이 성묘를 간 것까지. 성묘를 간 것은 우리 가족만 알고 있던 사실이었다. 우리 가족이 제보했을 리는 없고, 기자는 어떻게 안 것일까? 그리고 어떻게 승현에게 사실 확인도 하지 않고 기사를 내버린 걸까? 나중에 승현 쪽에서 최초로 기사를 낸 기자에게 전화를 걸었지만 그는 끝끝내 전화를 받지 않았다고 한다.

    나는 많이 당황해 울 지경이었다. 집에 도착한 나에게 승현은 너무나 태연하게 굴었다. 일단 배가 고프니 중국집에서 짬뽕을 시키자고 했다. 나도 배는 고팠지만 한 젓가락도 먹을 수 없었다. 승현은 거뜬하게 한 그릇을 다 비우더니 저녁에 농구 모임이 있다며 나갔다.

무엇보다 같이 일하는 팀에게 미안했다. 피디들과 작가들한테 너무 많은 연락이 와서 일을 못 할 정도였다 한다. 기자들은 내 정보를 캐내기 위해서 방송국에도 전화를 많이 했다. 본사 담당 피디님은 전화기를 꺼놓으셨다고 한다. 모두가 갑자기 터진 이 일에 내가 많이 당황했을 거라 걱정하며 내 정보를 함구해주셨다.

그런데 그게 문제였을까. 난데없이 실시간 검색어에 메인작가님 이름이 오르기 시작했다. 〈알토란〉 프로그램 홈페이지에 들어가면 작가들 이름이 뜨는데 서열대로 메인작가 이름이 가장 먼저 나와 있다. 어떻게 된 일인지 모르겠지만 어떤 한 기자가 메인작가의 이름을 거론하며 김승현의 결혼 상대라고 기사를 냈고 그 기사는 복사에 복사가 되어 실시간 검색어에까지 메인작가의 이름을 올렸다. 메인작가님은 한참 전에 결혼했고 10살 된 아이까지 있었다. 나중에 메인작가님에게 들은 얘기로는, 수많은 지인이 이렇게 물어왔다고 한다.

"너 이혼했어? 이혼하고 김승현하고 결혼하는 거야?"

웃지 못할 해프닝인데 메인작가님은 대수롭지 않게 받아들이셨다. 그렇게 메인작가님 이름이 2주 정도 실시간 검색어에 오르내렸다. 이젠 그만 너의 이름을 밝혀라! 재촉할 만도 한데 그냥 두셨다. 죄송하고 감사했다.

내 이름이 밝혀진 건 〈살림남〉에서였다. 승현이 프러포즈하며 찍어둔 영상과 함께 '장정윤'이라는 이름이 나간 것이다. 예고되었던 일이 아니었기에 방송을 보고 있던 난 가슴이 두근대기 시작했다. 방송에서 내 이름을 직접 보는 건 낯설고 당혹스럽고 흥분되는 일이었다. 그 이름 세 글자가 뭐길래. 순식간에 포털사이트 실시간 검색어에 내 이름이 오르기 시작했고 순식간에 1위까지 차지(?)했다. 사람들은 생각보다 더 미혼부 연예인과 결혼하는 방송작가의 정체를 궁금해했다. 이제 '방송작가 장정윤(내가 알기론 한 명뿐이다)'을 아는 사람은 김승현과 결혼하는 사람이 나라는 걸 알게 될 것이다. 등 뒤로 식은땀이 흘렀다. 당시 결혼 이슈가 있는 연예인과 셀럽이 몇 있었는데, 그들의 예비 배우자에 대한 폭로

들이 이어지고 있었다. 진실 여부를 떠나 폭로된 내용들은 연예인·셀럽의 이미지를 추락시킬 수밖에 없었다. 누군가에게 책잡힐 만한 일을 한 건 없을까? 다음 날 회의 때 피디님이 나를 조용히 불렀다.

"장 작가, 혹시…… 학폭 같은 거 한 적 없지?"

만약 내가 과거에 물의를 일으킬 만한 행동을 했고 그것이 누군가에 의해 폭로된다면 프로그램 이미지에도 타격이 있을 것이다. 나는 진지한 표정을 지으며 말했다.

"그게…… 맞았으면 맞았지 때린 적은 없어요."

피디님과 나는 배를 잡고 웃었다. 그땐 그만큼 엉뚱한 걱정도 할 때였다. 그리고 나는 물론 맞은 적도 없다. 우리의 기사에 많은 댓글이 달렸고, 나는 빼놓지 않고 그 댓글들을 다 보았다. 누군지 모르겠지만 나와 함께 일했던 피디님과 작가 후배들의 다정한 댓글도 있었고 오래 보지 않았던 중학교 동창의 축하 댓글도 있었다. 정말 많은 사람이 우리의 앞날을 축복해주고 있었다. 악플도 간간이 있었지만 선플의 따뜻함은 악플도 덮는다는 걸 알게 되었다.

　　세상엔 아무런 조건 없이도 남의 행복을 빌어주는 사람도 있구나. 나도 그렇게 살아야지, 생각했다.

나 이 사람을
믿어도 돼?

———

10월 25일, 우리는 신혼집에 들어가기로 되어 있었다.

집을 계약한 건 7월이었지만 전 주인이 아이들 학교 문제로 당장 이사할 수 없다고 했다. 그래서 그 3개월 동안 월세를 받기로 했다고 승현이 얘기했다. 학교 문제라면 학기가 끝나는 시점에 맞춰 이사해야 할 텐데 10월은 좀 애매한 거 아닌가 의문이 들었지만, 승현이 그렇다고 하기에 그런 줄 알았다.

우리는 부지런히 가전제품이며 가구를 보러 다녔고 그 날짜에 맞춰 다 집으로 들이는 걸로 계약했다. 내가 혼자 살던 오피스텔도 날짜에 맞춰 빼주기로 했다. 혼자 살았지만 그래도 갖출 건 다 갖추고 살아 짐이 꽤 많았다.

그런데 갑작스럽게 승현에게 연락이 왔다. 자기가 계약 조건을 잘못 알았다는 거다. 10월 25일이 아니라 12월 25일 에 전 주인이 집을 빼주기로 했는데 자신이 헷갈렸다 했다. 순간 가슴이 철렁 내려앉았다. 헷갈릴 게 따로 있지……. 나 이 사람을 믿어도 되나?

사람마다 다르긴 하겠지만 방송작가들은 대부분 완 벽하게 세팅하고 일을 진행하는 걸 좋아한다. 그렇지 않으 면 반드시 문제가 일어나고 많은 사람이 피곤해지기 때문이 다. 그래서 촬영이 있는 날 몇 번이고 동선을 체크하고 출연 자와 모든 얘기를 끝내놓는다. 변수까지 생각해 플랜 A, 플 랜 B까지 모두 생각을 끝낸 후 촬영을 시작한다. 난 신혼집 에 들어가는 준비도 그렇게 했다. 전 주인이 짐을 빼면 우리 는 2~3일 동안 도배와 입주청소를 할 것이고 이후 같은 날 모든 짐이 들어오면 완벽한 거였다. 이사 날짜를 잘못 알았 을 거란 건 내 변수에 없었다. 고로 플랜 A도 플랜 B도 없었 다. 당황스럽고 막막했다.

허겁지겁 가전제품과 가구를 산 곳에 전화를 돌려 날짜를 미뤘다. 막상 통화를 해보니 그쪽에선 이런 일이 큰일은 아닌 것 같았다. 내 짐도 문제였다. 짐을 옮겨주기로 한 업체에 두 달간 짐을 맡아줄 수 있냐 물으니 꽤 큰 비용을 요구했다. 어쩔 수 없이 피 같은 돈을 지불하고 두 달간 짐을 맡기기로 했다.

　문제는 우리가 지내야 할 곳이었다. 승현은 원래 사는 옥탑방에 나는 친정집에 머물면 되는 일이긴 했지만 우리는 한시도 떨어지기 싫었다. 5월부터 연애를 시작해 만난 지 고작 5개월 차. 보고 있어도 보고 싶은 기분이 이런 건가 싶게 서로를 좋아했다. 그렇다면 승현의 옥탑방으로 가야 하는 건가……. 그런데 승현이 원치 않았다. 누추한 곳에 나를 지내게 할 순 없다고 했다. 몇 날 며칠을 우리가 같이 머물 수 있는 곳을 알아봤다. 에어비앤비 같은 곳은 두 달씩 머물 수 있는 곳이 없었다. 그러다 찾은 곳이 침대, 냉장고 등이 다 갖춰진 단기로 머물 수 있는 영등포의 오피스텔이었다. 한 달에 70만 원 정도 하는 곳이었다. 허투루 돈을 쓰기는 싫었지만 같이 있을 수 있는 방법이 그것밖에 없었다.

이 글을 쓰는 결혼 5년 차 시점에서 승현이 똑같은 실수를 했다면 쥐 잡듯 잡았겠지만 그때는 그런 모습도 귀여웠다. 그런 실수도 너그러이 받아주는 나를 승현은 또 얼마나 좋게 봤을까. 결혼 후 언젠가 승현이 이런 얘기를 한 적 있다.

"나 속아서 결혼한 것 같아."

누가 할 소리? 그건 나도 마찬가지다.

나는 승현이 혼자 살던 옥탑방에 가본 적이 없었다. 어느 날 삼성동 쪽에서 지인들과 약속이 있었고 영등포까지 넘어가기 너무 멀어 우린 그날 하루 승현의 옥탑방에서 자기로 했다. TV에서 보던 곳이라 신기했다. 승현은 돈을 아끼기 위해 거의 난방을 틀지 않는다고 했다. 그런데 그날만큼은 내가 추울까봐 난방을 빵빵하게 틀어주었다.

그리고 다음 날 아침, 승현이 나에게 텀블러 하나를 주었다. 뭐냐고 물으니 그동안 행사며 결혼식, 돌잔치 진행을 하고 받은 돈을 모아둔 것이라 했다. 열어보니 봉투 여러 개가 들어있었다. 승현은 봉투를 열어보면 쓸 것 같아 열어보지도 않고 모아두었다고 했다. 얼마가 들어 있는지 세어본 적도 없다며 나에게 가지라고 했다. 액수는 꽤 됐다. 악착같이 모은 돈을 아무렇지도 않게 나를 주다니. 이 사람 날 정말 사랑하는구나. 그리고 계좌번호를 알려주면 앞으로 본인 수입을 다 내 통장에 넣어주겠다고 했다. 이 사람 날 정말 믿는구나.

믿음이란 건 그렇게 생성되나보다. 나는 그때 승현에 대한 불안한 마음이 사라지고 제대로 된 확신이 생겼다. 돈 때문이 아니라 이 사람이 날 믿어주는 마음. 그래, 나도 이 사람을 믿어야지. 이사 날짜도 제대로 체크하지 못하는 남자지만 그러면 어때. 날 향한 마음이 진국인데.

그리고 며칠 뒤 우린 혼인신고를 했다. 11월 25일, 신혼집 들어가기 한 달 전이었다.

승현이 다시는
넘어지지 않도록

———

승현은 대체적으로 까부는 편인데 문득 말이 없어질 때가 있다. 그럴 때마다 속으로 무슨 생각을 할까 궁금했다. 혹시 남몰래 괴로워하거나 불안해하는 건 아닌지 걱정도 됐다. 승현의 인생은 자기도 모르게 정상으로 올라갔다가 바닥으로 내동댕이쳐졌고, 이후 자꾸 넘어졌다고 했다.

승현은 고등학교 때 자기가 잘생긴지도 몰랐다고 했다. 시어머니도 언젠가 말씀하셨다. "다른 집 애들도 다 그렇게 생긴 줄 알았어." 그러다 같은 반 여자애들이 잡지에 나온 모델 콘테스트 공고를 보고 승현에게 한번 내보라 했고, 그렇게 콘테스트에 단번에 붙은 것이다. 당시 유행했던 의류 브랜드 '스톰' 모델이 되고 지금도 잘나가는 아이돌만 한다는 '인기가요' 진행자도 되고 시트콤, 라디오 등등 활발히 활동했다. 나도 승현을 처음 봤을 때가 기억이 난다. 꼭 세련된 일본 사람 같다, 참 잘생겼다, 생각했다.

승현은 잘나갔던 시절 얘기를 할 때 눈이 반짝였다. 얼마나 인기가 많았는지에 대한 얘기보다, 스톰 모델로서 스톰 옷을 마음껏 입을 수 있었다는 얘기나 피자몰에 본인 지정석이 있어 아무 때나 가도 공짜였다는 이야기 같은 것을 더 좋아했다. 아마 열 번 이상은 들은 것 같다. 참 순수한 사람이다.

그러다 모두가 알듯이 미혼부라는 사실이 밝혀지며 순식간에 꼬꾸라졌다. 그의 딸은 애초에 시부모님 딸로 호적에 들어가 있었다. 시어머니는 8월 더운 여름에 태어난 아이를 두 번씩 씻기며 정성스럽게 키우면서도 아들의 인생이 잘못될까봐 밖으로 데려나가지도 못했다고 하셨다. 결국 밝혀질 일은 밝혀졌고, 승현은 기자회견까지 하며 자신이 미혼부라는 사실을 사람들 앞에서 얘기해야 했다. 그때는 그랬다. 연예인 누구와 누구가 사귀다 헤어져도 기자회견을 할 때였다. 정신적으로 고통스러웠을 것이다. 승현은 바로 딸과의 유전자 검사를 진행했다. 지금도 그런지 모르겠지만 미혼부는 이러한 절차를 거쳐야 아이를 자신의 호적에 올릴 수 있었기 때문이다. 그렇게 얽힌 실타래를 풀어나갔다. 승현은 처음부터 그러지 못한 것을 두고두고 딸에게 미안해했다.

승현은 다시 연예인으로 활동하고 싶어 했다. 동생이 매니저로 일하며 둘이 고군분투했다. 동생은 전국에서 알아주는 축구 실력자였는데 부상으로 인해 한 번 넘어진 터였다. 형제는 열심히 이일 저일 가리지 않고 했던 것 같다. 주말 드라마의 작은 역에 들어가기 위해 어떤 수모도 겪어야 했고 오디션을 보고 이미 캐스팅이 됐는데 남자 주인공 측에서 반대해 불발되기도 했다(반대의 이유가 승현이 키 크고 잘생겼다는 이유라 하니, 이건 좋아해야 할지 말아야 할지 나도 들으며 난감했다).

어느 날 술 마시며 승현은 이렇게 얘기했다.

"내가 이렇게 행복해도 되는 건지 모르겠어."

자꾸 넘어졌던 사람은 행복 앞에서 두려움을 느낀다. 하지만 승현은 연이어 넘어지고 제대로 일어서지 못하면서도 살아냈다. 그런 승현이 짠하고 고마웠다. 난 다짐했다. 다신 이 사람이 넘어지지 않도록 지켜주겠다고. 불안했던 삶에 기꺼이 버팀목이 되어주겠다고.

결혼식 날이 얼마 남지 않은 때쯤이었던 것 같다. 〈살림남〉 예고편에 마치 내가 임신을 한 것 같은 뉘앙스의 영상이 방송됐다. 뉘앙스일 뿐이었는데 기사가 나고 친구들에게 연락이 왔다. 나는 너무 화가 나서 울었다. '미혼부인 사람이 이번엔 또 임신해서 결혼하네', '그럼 그렇지~ 임신해서 결혼하는 거네!'

기사를 본 사람들의 속마음이 읽히는 듯했다. 우리의 순수한 마음과 사랑이 곡해되는 것 같았다. 이제 와서 다시 생각하면, 그렇게 속상해할 문제는 아니었던 것 같다. 나도 방송작가로서 그 정도 낚시는 충분히 할 수 있는 거니까. 또 혼전임신이 요즘 시대에 별일도 아니지 않은가. 그러나 승현이 미혼부이기에…… 연예인이기에…… 나는 그가 또 실수한 사람으로 낙인찍히는 건 1분 1초도 싫었다.

나는 그날 거의 발광을 했다. 놀란 승현은 〈살림남〉 측에 연락해 정정 기사를 내달라 했고 그렇게 임신설은 마무리 됐다. 글쎄…… 그날의 복잡한 심정은 그를 지키고 싶은 나의 오버였을까. 어쩌면 그럴지도.

다이아보다
승현

———

어렸을 때, 그러니까 아무것도 모르던 시절, 나는 결혼을 한다면 갖출 건 다 갖추고 해야 한다고 생각했다. 집은 당연한 거고, 호텔 예식장, 명품백, 명품 코트, 다이아반지, 진주 세트, 순금 쌍가락지 등 받을 건 다 받는 게 마땅한 건 줄 알았다. 순전히 아무것도 모르고 까불어대던 생각이었다.

우린 결혼 날짜도 잡지 않은 채 예식장 투어에 나섰다. 웨딩플래너를 끼지 않았기 때문에 손수 몇 군데 전화를 걸어 방문 예약을 하고 돌아다닐 예정이었다. 처음 들른 곳은 새로 생긴 작은 호텔의 채플 형식 단독 예식장이었다. 500명

정도 수용할 수 있고 우리가 마음에 들었던 점은 환했다는 것이다. 우리는 더 볼 것도 없다 생각하고 바로 그 예식장을 계약했다. 예식장이 비는 날이 1월 12일 일요일이라 그날로 결혼 날짜가 정해졌다.

웨딩사진도 따로 돈 들여 찍지 않았다. 나는 10만 원도 하지 않는 원피스를 입고, 승현은 가지고 있던 청바지에 재킷을 입고 연남동 길에서 찍었다. 승현의 친구가 찍어주었는데 명동칼국수 한 그릇으로 퉁쳤다(나중에 승현에게 돈을 챙겨주라 했는데 주었는지 모르겠다). 그 사진으로 엽서처럼 사진이 박힌 청첩장을 만들었다. 승현이 아는 피디님 아내가 그래픽디자이너라 그분께 부탁드렸고 인쇄비 정도만 받고 만들어주셨다.

전에 맞췄던 커플링이 있으니 예물 반지도 따로 알아보지 않았다. 이렇게 해도 결혼은 가능했다. 중요한 건 우리 둘뿐이지 집이며, 고급 예식장이며, 예물 같은 건 하나 중요한 게 아니었다. 이렇게 심플하게 하니 서로 마음 상하고 싸울 일도 없었다. 대신 신혼 분위기를 낸다며 롤렉스니 까르띠에니 명품숍을 구경하긴 했다. 그것만으로도 즐거웠다.

부모님들은 서운하셨을지 몰라도 우린 우리끼리 모든 것을 결정했다. 친구들한테 들으면 부모님들이 좌지우지하며 감정 소모를 하는 경우가 많았다. 우리 부모님은 마침 그 시기에 두 달 동안 유럽 여행을 떠나셨기에 꼬박꼬박 보고만 받으실 수밖에 없었고, 마음에 안 드는 부분이 있으면 뭐라 나무라긴 하셨지만 대체적으로 우리를 존중해주셨다. 그건 시부모님도 마찬가지셨다. 시댁에 보내고 다시 반은 돌려받는다는 예단비도 생략했다. 지금 생각해도 정말 순탄한 결혼 준비였다.

승현은 나에게 다이아반지를 하나 사주겠다 했다. 나는 극구 사양했다.

"친구들이 그러는데 다이아반지 있어도 끼고 다니지도 않는대요."

"그래도 있는 거랑 없는 거랑은 다르잖아요."

"정말 정말 괜찮은데 난."

그때 진심은 나도 모르겠다. 승현만 있으면 된다고 생각할 만큼 사랑과 결혼에 대한 환상에 젖어 있었을지도. 하지만 그는 기어코 내 손에 다이아반지를 껴주었다. 내 생일에 맞춰 떠난 여행에서였다. 승현은 갑자기 배가 아프다며 나에게 숙소에서 나가줄 것을 부탁했다. 그러면서 차에 핸드폰 충전기가 있으니 그것 좀 갖다달라고 했다. 너무도 다급하게 말하길래 어영부영 숙소 밖으로 나오긴 했는데 순간 그의 배 아픈 연기가 너무 어설프다는 생각이 들었다. 엘리베이터를 타고 내려가는 길, 차 안에 프러포즈할 뭔가가 있겠구나 싶었다. 때론 이런 눈치 빠르고 촉 좋은 내가 싫다. 제발 꽃과 풍선만은 없기를 바랐다. 주변 사람들의 시선을 끄는 무언가도 없기를 바랐다. 그런 건 내 스타일이 아니었다. 긴장한 채로 차 문을 열었는데 다행히 편지 한 통과 여자들의 로망이라는 티파니 반지 박스가 보였다. 일단 편지를 읽었다.

장 작가에게

나에게도 누군가를 만나 사랑하고 내 편이라 생각하는 사람을 만날 수 있는 좋은 일이 생길까 생각하며 살아왔는데 이제 '장정윤'이란 사람을 만나 이렇게 프러포즈를 합니다. 같은 방송 직장에서 만나 주변에 따가운 시선과 어려움도 있었겠지만 축복해주는 사람이 더 많기에 잘 이겨낼 수 있다고 믿어 의심치 않습니다. 지금처럼 장 작가는 나란 사람을 믿어주고 나도 장 작가를 믿는 서로가 되어서 열심히 사는 모습 행복한 모습 같이 만들어가도록 해요. 평생 나의 아내가 되어주세요. 사랑하는 당신에게 프러포즈 합니다. 사랑합니다.

프러포즈는 예상했어도 막상 받으면 눈물이 난다는 친구들 말이 사실이었다. 감동에 젖어있는데 승현이 숙소 베란다에서 나를 호들갑스럽게 불렀다. 날 카메라로 찍고 있었던 것이다. 나는 왜인지 머쓱해져서 승현을 보고 장난끼 있는 말투로 물었다.

"이거 다이아예요?"

숙소에 올라와 다이아반지를 껴보았다. 이런 게 다이아구나, 예뻤다. 하지만 무엇보다 예쁜 건 승현의 마음이었

다. 어디선가 이런 글을 본 적이 있다. 꽃을 받았을 때 기분이 좋은 건 꽃집에 들렀을 그 사람의 소중한 시간, 나를 생각하며 신중하게 골랐을 마음, 기뻐할 날 생각하며 기대하며 걸었을 발걸음 때문이라고. 다이아반지가 나에게 소중한 건 값비싼 보석이기 때문이 아니라 승현의 마음이 담겨있기 때문이다.

승현은 결혼할 때 본인 명의로 집을 마련했지만 나는 그때 단칸방에 살아도 되니 무리하지 말라고 말했다. 이 이야기를 하면 친구들은 깔깔대며 나를 놀린다. 찐사랑이라는 것이다. 물론 지금은 생각이 많이 달라졌지만…… 어쨌든 결혼은 이 정도로 찐사랑을 해야 할 수 있는 거 아닐까? 단칸방에서도 살아낼 용기, 반지 하나 없이도 괜찮다는 마음.

그러니까 제정신인 상태론 하기 힘들다는 말이다.

우리들의
할머니

———

마흔 살 승현과 서른일곱 살 내가 조금은 늦은 결혼식을 올릴 때, 우린 식장에 조부모님이 계셨으면 얼마나 좋았을까 많이 생각했다.

어릴 적 부모님이 맞벌이를 하셨기에 할아버지, 할머니와 보내는 시간이 많았다. 성장하는 동안 정말 귀한 마음을 쏟아주셔서 사랑이 많은 아이로 클 수 있었다. 할아버지는 거의 내 단짝 친구였다. 학교에 다녀오면 반겨주는 건 할아버지였고 이후 잠들 때까지 티격태격하며 저녁 시간을 함께 보냈다. 나는 마론인형을 갖고 노는 걸 좋아했는데 할아버지는 내가 말을 잘 들을 때마다 문구점에 가서 마론인형 옷을 하나씩 사주셨다. 친구들과 냉면을 드시러 갈 때도 꼭 나를 데리고 가셨다. 그리고 삶은 달걀을 좋아하는 나를 위해 친구들 냉면 위 삶은 달걀을 걷어 나에게 주셨다. 우리 할아버지는 찐 손녀바보였다. 외출하면 꼭 내가 먹을 센베이 과자를 사가지고 오셨다. 어린 나이에 센베이 과자가 맛있을 리 없어 안 먹으려고 버티곤 했다. 할아버지는 쫓아다니며 한 입만 먹어보라고 하셨고, 내가 결국 한 입 물면 "맛있지?"라고 물으며 웃으셨던 얼굴이 기억난다. 할아버지는 갑작스럽게 건강이 악화되어 병원에 입원하셨는데 그때도 병원 야경이 좋다며 보여주고 싶어 하셨다. 그 야경이 뭐라고…… 아픈 와중에 손녀에게 기어코 야경을 보여주곤 뿌듯해하셨다.

할머니는 나를 보면 항상 가슴 아파하셨다. 내가 두세 살쯤 되었을 때 손에 큰 화상을 입었다. 할머니가 다림질하다 전화를 받으러 거실로 나가셨을 때 내가 그 다리미에 손등을 덴 것이다. 기억나진 않지만 나는 그 일로 손등 전체에 엉덩이 살을 떼어 이식해야 했고 상처가 크게 생겼다. 어린 나이부터 있던 상처라 나는 그게 콤플렉스도 뭐도 아닌데 할머니는 항상 내 손을 붙잡고 미안해하셨다. 그땐 할머니가 왜 저러시지 어리둥절했다. 지금 생각해보니 내 손등의 상처보다 더 크게 할머니의 마음은 데었을 거다. 그 상처는 아물지도 않고 내내 괴로우셨을 거다. 할아버지는 내가 스무 살 초반에 할머니는 내가 스무 살 후반에 돌아가셨다.

승현은 종종 할머니 얘기를 했다. 광산 김씨 패밀리 10남매를 낳으신 승현의 할머니는 승현을 볼 때마다 우리 집안에선 나올 수 없는 인물이라며 유독 예뻐하셨다고 한다. 승현과 동생은 착하기도 착했다고 한다. 둘이 싸우는 법도 없었고 살던 동네에 감나무가 있었는데 다른 애들은 다 감을 따먹어도, 승현과 동생은 손도 대지 않았다고 한다. 형편은 어려웠어도 어머님이 곧게 정성스레 키우신 덕분이었다.

승현의 할머니가 노쇠하셔서 임종을 준비해야 할 때 10남매 중 둘째 며느리인 어머님이 자처해서 모셨다고 한다. 꼼짝도 못 하시는 승현의 할머니를 위해 어머님은 똥오줌을 다 받아내셨고 곡기를 끊으시려고 안 드시는 것도 모르고 약국을 전전하며 입맛 도는 약을 구하러 다니셨다고 한다. 그렇게 몇 해 전 승현의 할머니는 돌아가셨는데 승현은 많이 안타까워했다. 지금은 다시 텔레비전에도 나오고 결혼까지 하는데…… 그것만 보시고 가셨으면 좋았을걸, 불효만 한 거 같아 죄송하다고 했다. 어머님도 승현의 할머니 얘기를 많이 하신다. 친정엄마가 없는 어머님께 시어머니가 그 자리를 대신해주신 듯했다.

결혼식을 올리기 한 달 전, 나는 외할머니가 계신 요양원을 승현과 함께 찾았다. 평생을 단정하게 사신 우리 외할머니. 외할머니는 항상 나를 보면 미스코리아를 나가라고 했지만 본인 딸인 우리 엄마보단 내가 인물이 못하다고 하셨다. 여름이면 직접 콩을 갈아 면포에 건더기를 걸러 곱고 부드러운 콩국수를 해주셨다. 나는 외할머니의 콩국수가 아직도 제일 맛있다. 할머니가 아프신 이후로 엄마가 그 맛을 따라 해보려고 했지만 번번이 실패했다. 외할머니의 맛은 외할머니만 낼 수 있는 건가보다. 외할머니는 그즈음 정신이 많이 흐릿하셨다. 죽고 싶다는 말을 자주 하셨고 곡기를 끊으셨지만 요양사들은 살리는 게 일이라 링거를 꽂고 외할머니

날 하염없이 사랑했던 사람들이 있다는 건
내가 스스로를 사랑하는 마음의 재료가 된다.

의 생명을 유지시켰다. 외할머니는 나를 잘 알아보지 못하시곤 했는데 정윤이라고 말씀드리면 결혼은 했냐고 묻곤 하셨다. 아직 못했다고 하면 어쩌냐며 속상해하셨다. 그리고 내가 가고 나면 같이 머무는 할머니들에게 또 요양사들에게 우리 손녀 남자 좀 소개해주라고 중매에 나서기도 하셨다고 한다.

그런 얘기를 들을 때마다 괜히 죄송한 마음이 들었다. 결혼이 능사는 아니지만 외할머니 마음을 편하게 해드리지 못하는 거 같아서……. 그래서 나는 외할머니가 살아계실 때 결혼을 한다는 사실이 기뻤다. 승현을 본 외할머니는 많이 어리둥절해하셨다. 엄마는 큰 소리로 정윤이 신랑이라고 말씀드렸다. 눈을 껌뻑껌뻑 승현을 찬찬히 보시곤 슬며시 미소를 지으셨던 거 같다. 병실로 올라가는 길에 엄마에게 저렇게 잘생겨서 정윤이 속 썩이는 거 아닌지 모르겠다고 말씀하셨다고 한다. 그래도 사람은 착해 보인다고 덧붙이셨다고 한다. 외할머니는 거동이 불편하시기에 결혼식엔 오지 못하셨다. 그리고 그해 봄, 코로나로 면회도 자유롭지 못할 때 숨을 거두셨다.

하늘나라로 가시는 길 손주들 한 명 한 명 생각하시다가 그래도 정윤이가 외롭지 않아서 다행이라 여기고 가셨기를. 조부모님에게 받은 사랑은 지금도 내 큰 자랑이고 자산이다. 옆에 계시진 않아도 누구보다 든든한 내 백이다. 날 하염없이 사랑했던 사람들이 있다는 건 내가 <u>스스로</u>를 사랑하는 마음의 재료가 된다.

연애는
끝났다

———

짧은 연애가 끝나고 2020년 1월 12일 우리는 결혼식을 올렸다.

긴장할 법도 한데 우린 아무렇지도 않았다. 아니, 나는 사실 긴장했는데 그걸 인지하는 순간 떨리는 마음을 걷잡을 수 없을 거 같아 최대한 긴장하지 않은 척했다. 결혼식 전날 굶기는 커녕 우린 삼겹살에 소주에 맥주까지 마셨다. 나는 다이어트에 실패한 신부였다. 이미 똥배가 나와 있기 때문에 거기서 조금 더 나온다고 큰 영향은 없지 않을까 싶었다. 술을 한잔 해서 그런지 잠은 푹 잘 잤다.

메이크업을 받으러 강남까지 왔다 갔다 하기 싫어 마포 구 소재 메이크업숍을 엄청나게 뒤졌다. 그중 괜찮아 보이는 세 군데에서 미리 메이크업을 받아보기로 했는데 다행히 두 번째에 마음에 쏙 드는 숍을 발견했다. 굳이 강남의 유명한 숍까지 가지 않아도 곳곳엔 숨은 실력자들이 있다. 내가 찾 은 숍은 차로 집에선 5분 식장에선 3분 정도 거리였다. 내가 굳이 이 말을 하는 이유는, 혹시 결혼을 앞둔 사람이라면 남 들의 유행을 따라가며 피곤해하지 말라는 말을 하고 싶어서 다. 부디 동선과 가격을 고려해서 합리적인 결혼식을 하길 바 란다. 그날 그곳에서 메이크업과 헤어를 받은 승현, 나 그리 고 우리 부모님, 오빠, 새언니, 조카까지 모두 대만족이었다. 그 만족감엔 피곤함을 덜었다는 이유도 분명 있었을 것이다.

3시쯤 식장에 도착했다. 드레스를 입으니 역시 배가 좀 나와 보이긴 했다. 웨딩 헬퍼가 코르셋을 입어야 한다고 했 지만 그랬다간 숨도 제대로 못 쉬고 뒷목 잡고 쓰러질 거 같 았다. 그런데 변수는 내 배뿐이 아니었다. 드레스를 고르며 같이 골랐던 구두가 맞지 않는 것이었다. 웨딩 헬퍼는 구두 를 신고 좀 걸으면 나아질 거라고 했지만 한 발자국도 뗄 수 없었다. 구두 때문에 한바탕 소란이 났다. 난 머릿속이 하얘지고 눈물이 날 거 같았다. 그때 승현이 묘책을 냈다. 자신이 집에 가서 내 구두를 가져오겠다는 것이다. 집이 가까워 발빠르게 움직이면 10분 내로 해치울 수 있는 일이었다. 승현은 턱시도를 입고 뛰기 시작했다.

승현이 구두를 갖다준 뒤에야 나는 진정할 수 있었다. 승현은 생색내는 걸 좋아하는 편인데 지금까지도 결혼식 얘기가 나오면 "내가 그때 구두 안 갖다 줬으면 어쨌을 거야!" 라고 한다. 자신이 잘한 일에 초점을 맞춰 기억하는 남자다.

결혼식 시간이 다가오자 하객들이 들어오기 시작했다. 크지도 않은 예식장에 이미 촬영팀이 세 팀이나 들어와 있어 조금은 혼잡스러웠는데 거기에 정말 많은 하객이 몰려 축의금을 내려고 줄을 섰다고 한다. 나는 신부 대기실에 있어서 잘 몰랐는데 유명 맛집 줄 서듯 줄이 길게 늘어져 있었다고 하니 감사하고 죄송할 따름이었다.

청첩장을 돌릴 때 어디서부터 어디까지 돌려야 할지 참 고민을 많이 했다. 내 입장에서 생각해보면 '왜 나한테 청첩장을 보내지?' 싶은 경우도 있었고, 어쩌다 누군가 결혼했다는 소식을 건너 건너 듣게 됐을 때 '왜 나는 안 불렀지?'라는 서운한 마음도 들었기 때문이다. 예민하다면 예민할 수도 있는 부분이기에 고심해서 청첩장을 보냈다. 그 사람이 내 결혼식에 왔을 때 그게 내 마음의 짐이 될 것 같으면 보내지 않았다. 그런데 승현은 정말 많이 청첩장을 보낸 거 같았다. 하객이 대부분이 승현의 지인들이었다. 나는 정신이 없어 못 봤는데 나중에 친구들 얘기로는 연예인 보는 재미가 쏠쏠했다고 한다. 부모님들도 어깨에 힘이 한껏 들어가 있었다. 나중에 결혼식 사진을 보니 100명이 넘는 연예인이 자리를 함께 빛내주고 있었다. 정말 감사한 일이다.

〈알토란〉으로 인연을 맺은 개그우먼 김지민과 승현과 평소 친분이 있던 개그맨 변기수가 사회를 봐주었다. 주례는 따로 없이 양가 아버지가 한 말씀씩 해주셨다. 결혼식을 다녀보면 부모님께 인사를 드릴 때 많이들 울던데 난 눈물도 나지 않았다. 아는 선배는 신부가 너무 아무렇지 않아서 좀 얄미워 보였다고 하는데, 사실은 정신이 없었던 거 같다. 실제로 난 결혼식의 풍경과 그때 어떤 기분이었는지 잘 기억나지 않는다. 긴장감이 폭발했는데 아닌 척 버티느라 애쓰고 있었으리라. 사회를 부탁할 때 군더더기 없이 깔끔하고 짧게 해달라고 말해서 결혼식은 20분 정도 만에 끝났다. 지금 생각하면 살면서 가장 행복했던 시간이었던 것 같다. 많은 사람이 우리의 행복을 빌어주던 자리. 때문에 혼인신고와는 별개로 결혼식은 꼭 하는 게 좋다는 게 내 의견이다. 혼인신고를 했을 때는 우리가 부부가 됐다는 게 실감이 안 났지만, 결혼식을 치르고 나니 진짜 부부가 됐다는 느낌이 들고 비로소 책임감이 생겼다. 이젠 함부로 물릴 수 없는 일인 것이다. 연애 끝, 결혼 시작이었다.

여기까진 무리 없는 해피엔딩이다. 결혼식 전, 승현은 유독 나에게 꼭 보여주고 싶어 한 사람이 있었다. 탁재훈이었다. 재훈은 우리를 보자마자 우스갯소리를 했다.

"너넨 고비를 넘기지 못했어. 결혼하고 싶은 그 고비만 딱 넘기면 되는데 말이야."

물론 우리의 결혼을 진심으로 축하해주었다. 그런데 이제와 그가 했던 말이 자꾸 맴돈다. 그땐 웃었고 지금은 웃지 못하는 그 말이.

CHAPTER 3

환상의 그대는
환장의 그대로

남의 남편 욕은
하는 거 아니잖아요

———

　승현과 나의 결혼 생활을 쓰기에 앞서 지레 겁먹고 미리 당부의 말을 하고 싶다. 이 책을 내는 시점에 우리 부부는 결혼 5년 차에 해당한다. 그동안 약 10차례 정도 큰 싸움을 하였고 자잘하게는 50번 정도 싸운 것 같다. 그 싸움들로 인해 나는 5차례 정도 집을 나갔다 들어왔다. 아직 아이가 없기에 앞으로 더 많은 고비가 있으리라 예상된다.

　하지만 우리가 싸웠다고 사랑하지 않는 것이 아니다. 내가 집을 나갔다고 우리가 행복하지 않은 것은 아니다. 부부생활은 그리 단순하지 않다는 걸 해본 사람들은 알 것이다. 그래도 결국 함께하기로 한 건 행복에 가깝다는 의미다. 앞으로 어떤 막장 결혼 이야기를 해도 이 책을 읽는 분들은 내가 행복하다는 점을 잊지 않았으면 좋겠다.

승현과 부부싸움을 하고 첫 가출을 감행한 날, 한 친구에게 전화해 하소연을 했더랬다. 싸움 구경은 원래 재밌는 법이기에 내 이야기를 흥미진진하게 듣던 친구는 마지막에 희한한 말을 꺼내놓았다.

"우리 남편은 안 그러는데. 너네 남편 진짜 이상하다."

결혼 전, 나를 스쳤던 남자들과의 짧고 긴 연애들을 털어놓으면, 그 친구는 항상 나에게 더 문제가 많다고 얘기하곤 했다. 그런데 내가 결혼하니 갑자기 내 남편과 자기 남편을 저울질하는 모습이 황당했다. 그날부터 그 친구에게만큼은 내 남편의 단점을 절대로 말하지 않았다. 하지만 내가 인스타그램에 며칠 피드를 올리지 않으면 혹시 승현과 나에게 무슨 일이 생긴 건 아닌지 궁금해하면서 전화를 걸어왔다. 마치 내가 남편과 싸우기를 기다리기라도 하는 사람처럼.

나는 친구들이 남편 욕을 할 때 절대 동조하지 않는

다. 그것은 지나가는 일일 뿐, 그들은 다시 행복해질 것이다. 한시라도 빨리 행복한 가정으로 돌려보내기 위해 회복탄력성 있는 멘트들만 날릴 뿐이다. 그리고 원래 남의 남편욕은 하는 게 아니다. 결혼생활은 무수히 많은 각으로 이루어진 공이기 때문에 하나의 단면만 보고는 판단할 수 없다. 그러니 내가 이제부터 승현에 대해 어떤 이야기를 해도 여러분은 승현에 대해서 욕하지 말아주길 바란다. 승현은 정말 좋은 사람이다.

　　모든 스토리는 갈등 구조를 가진다. 순탄하게 흘러가는 행복한 이야기는 굳이 글의 소재가 되지 않는다. 내가 앞으로 써내려갈 나의 결혼 이야기는 갈등과 해결, 갈등과 극복, 갈등과 포기 등의 흐름으로 흘러갈 예정이다. 어린 시절엔 남들이 어떻게 사는지 크게 관심 없었으므로 내 생각과 행동이 모두 맞다고 생각했다. 하지만 나와 달라도 너무 다른 승현을 만나며 사랑과 전쟁, 혹은 전쟁 같은 사랑에 대해 이해하게 되었다. 승현을 사랑하기에 그와 함께하려면 나는 커야 했다. 결혼과 함께 찾아온 성장통, 그로 인해 내가 어떤 성장을 이루었는지 얘기해보고 싶었다.

환상의 그대?
환장의 그대!

———

신혼 때 종종 이런 꿈을 꿨다. 꿈속에서 나는 다른 남자와 연애하거나 혹은 결혼을 했다. 그 남자는 꿈속의 내가 느끼기에 괜찮기도 하고 괜찮지 않기도 하다. 어쩔 땐 아는 누군가이기도 하다. 그런데 무언가 찝찝하다. 그 남자들이 영 내키지가 않고 그 상황이 끔찍하게 느껴진다. 나는 계속 생각한다.

'이게 아닌데⋯⋯ 나에겐 더 좋은 게 있는데⋯⋯.'

내 인생이 잘못 흘러가고 있는 느낌에 괴롭다. 그러다 잠에서 깬다. 아직 현실로 돌아오지 못한 뇌는 이게 무슨 상황인지 인지하지 못한다. 여기가 어디지? 두리번거리다 익숙한 곳임에 안도한다. 그러다 승현의 얼굴을 마주하고는 완전히 안도한다. 맞다, 나 김승현이랑 결혼했지.

자는 그의 품을 파고들며 말한다.

"나 악몽꿨어."

잠을 방해해도 승현은 늘 너그럽게 웃으며 받아준다. 나는 안정감과 풍만한 사랑을 느낀다. 악몽(?) 때문에 잠이 깨버렸지만 그의 품이 좋아 그대로 더 머문다. 곧이어 다시 잠든 승현의 새근거리는 숨소리가 들린다.

'너무 소중해.'

살면서 한 번도 느껴보지 못한 소중함이다. 오로지 내 것, 오로지 너의 것, 오로지 우리의 공간과 시간. 둘로서 완벽해진 기분.

학창시절에는 대부분 지쳐 있었고 20대에는 대부분 혼란스러웠고 30대에는 대부분 불안했다. 승현을 만나기 위해 그 고단한 시간을 보내왔나보다 생각한다. 지나온 삶을 되돌아보면 승현과 어긋날 수 있는 몇몇 포인트들이 있다. 나는 어렸을 때부터 아이들을 좋아했기 때문에 유아교육과에

가고 싶었다. 그러나 엄마의 추천으로 문예창작과에 들어가게 되었고 어쩌다보니 방송작가가 됐다. 나이가 있다보니 결혼을 생각했던 남자도 있었다. 하지만 결국 내가 피하거나 지들이 피해갔다. 한 남자는 본인의 띠와 쥐띠인 내가 궁합이 맞지 않는다며 연락을 끊었는데 두고두고 괘씸했지만, 승현과 결혼하면서 절이라도 하고 싶을 정도로 고마워졌다. 더 큰 것을 얻으면 작은 것에 씩씩거리지 않게 된다.

승현과의 결혼은 나에게 보상과 같다. 그렇게까지? 라고 누군가는 의문을 가질 수 있다. 하지만 승현은 나에게 '그렇게까지'의 존재가 맞다. 한 번도 누군가를 이렇게 사랑해본 적이 없기 때문이다. 부부라는 작은 단위에 소속된 승현과 나. 이 공동체를 단단한 사랑과 책임감으로 지켜나가겠다는 동일한 목표.

살면서 이렇게 뜻이 잘 맞는 누군가를 만나본 적 있는가.

"여보, 나를 위해 목숨도 바칠 수 있어?"

"당연하지."

고민도 안 하고 목숨도 바친다는 남자와 사는 지금이

나의 화양연화라 생각했다. 하지만 우리는 서로를 잘 몰랐다. 연애 3개월 만에 상견례를 하고 8개월 만에 식을 올렸다. 각자 생각했던 환상의 그대는 결혼과 동시에 환장의 그대가 된다.

영역의 문제

———

　　결혼 한 달 전쯤으로 시간을 돌려 승현과 내가 드디어 '우리 집'에 들어선 때의 이야기를 먼저 해보려고 한다.

　　드디어 이삿날이 왔다. 새 살림살이와 각자 갖고 있던 짐들이 들어오니 집이 꽉 찼다. 옷방은 반을 갈라 승현과 나의 옷을 두기로 했고 수납장도 각자의 영역을 정해 물건을 넣기로 했다. 승현은 작가인 아내에게 서재를 선물해주고 싶어했고, 정성으로 서재를 꾸며주었다. "장 작가, 여긴 장 작가만의 공간이야."라고 말하며 방을 보여주었을 때, 그의 자랑스러움과 뿌듯함이 느껴졌다. 책 욕심이 많은 나는 친정집에 두고 온 책들을 몽땅 가져올 생각에 잠깐 신이 났다. 그런데 승현은 서재 책장에 자신이 받은 트로피를 올리기 시작했다. 그리고 자신의 사진 액자들도 진열해놓았다. 내 책은 구석으로 몰렸고 친정집에 두고 온 수십 권의 책들이 들어올 자린 없었다. 거기까진 그러려니 했다.

짐 정리를 하다보니 내가 오래전 미술학원을 다니며 그린 유화 그림이 없었다. 또 종종 운동할 때 쓰던 스텝퍼가 없었다.

"이삿짐 센터에서 그림하고 스텝퍼를 분실했나봐. 전화해봐야겠어."

"그거 여기 있는데?"

승현은 잡동사니를 넣어둔 수납장 안에서 그것들을 꺼냈다.

왜……? 무슨 권리로……? 나는 승현의 트로피 옆에 내 그림을 두었다. 그리고 스텝퍼를 텔레비전 앞에 두었다. 그런데도 승현은 틈만 나면 스텝퍼를 수납장에 넣었다가 구석으로 치웠다가 안절부절못했다. 스텝퍼가 뭐라고, 나는 신경이 곤두섰다.

내가 혼자 살던 오피스텔에서 함께 지낼 때 승현은 내게 거슬리는 어떤 행동도 하지 않았다. 물건도 내가 두는 대로 그대로 두었으며 매사 조심스럽게 행동했다. 난 그게 그 사람의 본 성격이라 생각했다. 그런데 그게 아니었다. 그저 그 공간은 내 영역이었기 때문에 건들지 않은 것뿐이었다. 승현은 신혼집에 들어온 후 매일 물건을 자기 맘대로 옮기고 치워버렸다. 특히 내 물건은 더 구석으로 구석으로 치워버렸다. 내 귀여운 라인 캐릭터 초코 인형은 어딘가에 끼겨 넣고, 보기만 해도 무서운 스타워즈 츄바카 인형을 선반에 올려놓았다. 나는 질세라 츄바카 인형을 치우고 초코 인형을 다시 올려놓았다. 한동안 물건들을 이리저리 옮기며 우린 영역 싸움을 했다.

승현은 아마 본인이 마련한 첫 집이라 더 애착이 갔을 것이다. 옥탑방에 살면서 꿈꿔왔던 로망의 집, 온통 하얗고 자신의 트로피와 사진 액자와 츄바카가 가득한 공간, 그렇게 만들고 싶었을 것이다. 그 기분은 이해한다만, 그렇다고 내가 세 들어 사는 기분으로 살 순 없었다. 난 참다 참다 서운한 기분을 토로했다. 잘 기억은 안 나지만 이 집이 누구의 집이냐, 너의 집이냐, 우리의 집이냐 한바탕 따져 묻고 내 물건을 마음대로 치우지 않겠다는 약속을 받아냈던 것 같다. 승현은 그러겠다고 순순히 약속했지만 이후로도 종종 내 물건을 옮겼다.

　　그러다 우리는 한 TV 프로그램에서 인테리어 제안을 받았다. 사실 집 곳곳에 작은 하자들이 있어서 어떻게 고쳐야 하나 고민이었기에, 우리는 그 제안을 흔쾌히 받아들였다. 5주 가량 공사를 진행했고 우리는 부푼 마음을 안고 새로 인테리어한 집에 들어왔다. 맡겨두었던 짐이 들어오기 전날, 승현과 청소하러 집을 찾았다. 승현은 거실에 달고 싶다며 가는 길에 전자시계를 하나 샀다. 전자시계는 선을 안 보이게 정리하는 것이 관건인데 승현이 과연 그 업무를 잘할 수 있을까 의문스러웠지만 그냥 뒀다. 집에 들어서자마자 나는 걸레를 빨아 바닥을 닦기 시작했고 승현은 전자시계를 거실에 설치하기 시작했다. 하지만 내가 예상한 대로 승현은 기계를 다루는 솜씨가 미숙해, 전자시계를 붙잡고 씨름하기 시작했다. 그러는 동안 나는 방 하나, 방 두 개, 방 세 개

째를 청소하고 있었다. 슬슬 열이 받기 시작했지만 그때까진 승현에게 나의 진면목을 보이지 않았을 때라 꾹 참으며 청소했다. 승현은 전자시계가 불량인 거 같다며 환불받으러 다녀오겠다고 했다. 나는 그러라고 했고 승현이 나간 사이 거실 청소를 하고 있었다.

얼마 지나지 않아 승현이 집으로 돌아왔는데 전자시계를 그대로 들고온 것이다. 왜 그대로 들고왔냐 물으니 직원에게 사용법을 배웠다며 들떠 있었다. 다시 전자시계와 그와의 싸움이 시작됐고 그 싸움은 끝날 줄을 몰랐다. 승현은 씩씩거리며 불량이 맞는 거 같다고 말하며 다시 한 번 환불을 받아오겠다고 했다. 난 걸레를 바닥에 내팽겨쳤다.

"나 청소하는 거 안 보여? 나 방 쓸고 닦는 동안 선배는 뭐 하는 거야?"

당황하는 그의 눈. 전자시계에 빠져 청소하고 있는 나는 보이지도 않았던 것이다.

"장 작가, 그만해. 내가 할게."

이미 다 했는데 그만하라고? 그런데 뒤에 덧붙인 그의 말이 더 황당했다.

"먼저 이것 좀 환불해오고."

환불은 내일 해도, 모레 해도 되는 문제 아닌가? 하지만 그는 바로 환불을 하러 갔고 나는 그가 나간 사이 청소를 마쳤다. 그리고 다음 날 짐이 들어왔다. 새로 한 인테리어로 수납공간이 달라졌기 때문에 수납도 다시 해야 했고 옷 정리도 다시 해야 했다. 하루에 다 끝낼 수 없는 일이기에 나는 나름 구역을 나눠 조금씩 정리하기로 마음먹었다. 그런데 승현은 새벽까지 정리를 이어갔다. 나는 다음 날 출근이기 때문에 자려고 누웠지만 시끄럽고 어수선한 분위기에 잠들지 못했다.

"선배, 꼭 지금 해야 해? 내일 해도 되잖아."

승현은 도대체 자기가 뭘 잘못해서 혼나는지 모르겠다는 억울한 표정이었다. 하지만 멈출 생각은 없어 보였다. 조금은 조용히 조심스럽게 정리를 다 끝내고야 잠자리에 들었다. 나는 다음 날 피곤할 수밖에 없었다.

이러한 몇 가지 사건으로 나는 비로소 승현이란 사람을 알게 된다. 한 가지에 꽂히면 바로 마무리 지어야 직성이 풀린다는 것. 그리고 상대가 불편해하는 포인트를 전혀 눈치채지 못한다는 것. 승현은 이후 본인의 눈치 없음을 인정하며 제발 눈치 주지 말고 직접 말로 해달라고 호소했다. 그 정도 눈치는 기본 아닌가 생각했지만 난 곧 이해하기로 했다.

승현에겐 기회가 없었다. 집에서는 '오냐오냐, 네 말이 다 맞다. 눈에 넣어도 안 아픈 우리 큰아들'이었고 일찌감치 연예인을 시작하며 보통의 사람이 겪는 깨지고 혼나는 사회 생활을 해본 적 없는 것이다. 대신 그가 가진 것도 있다. 비위 맞추기, 도전 정신, 끈기, 긍정적 사고. 어려운 시절 여기저기 작은 일이라도 얻어보려 뛰어다니며 터득했을 것들. 내가 배우고 싶은 부분이기도 하다.

그렇게 플러스, 마이너스 감정을 오가며 내가 내린 결론은 승현은 결국 좋은 사람이라는 것이다. 물론 객관적일 수 없고 사랑이 곁든 주관적인 시선으로부터다.

첫 번째
부부싸움

———

　우리의 첫 부부싸움은 얼마 가지 않아 터졌다.

　사실 어떤 이유로 싸움이 시작되었는지 잘 기억나지 않는다. 어쨌든 저녁을 먹다가 말다툼이 시작되었다. 나는 승현이 화낼 줄 모르는 사람이라고 생각하고 믿고 있었다. 그런데 내 목소리가 커지자 승현도 목소리를 높이기 시작했다. 순간적으로 당황한 나는 아무 말도 못 하고 있었는데 승현이 갑자기 외출복으로 갈아입더니 나가버렸다. 내가 모르던 승현의 모습…… 화내는 승현…… 그 큰 눈으로 나를 쏘아보던 승현. 나는 한동안 멍하니 있다가 문득 외로워졌던 것 같다. 내 편인 줄 알았던 승현은 결국 자기편이었구나, 라는 생각에 서운했다. 이 상황을 어떻게 극복해야 할까 고민하다가 일단 나가야겠다는 생각이 들었다. 승현이 왔을 때 내가 집에 없어야 좀 통쾌한 기분이 들 것 같았기 때문이다. 너만 나가냐? 나도 나간다! 심보랄까. 혹은 그가 애타는 마음에 나에게 먼저 화해의 손을 내밀어주길 원했던 걸까.

일단 차를 타고 어디로 갈지 생각했다. 친구도 꽤 많은 편이고 친정집도 가까운데 갈 곳이 생각나지 않았다. 누구든 만나면 지금 집을 나온 상황을 설명해야 할 것이고 그러면 그게 남편의 흠이 될 거 같았다. 나는 동네를 한두 바퀴 돌다가 집에 들어갔는데, 그 사이 승현은 들어와 자고 있었다. 그새 화가 조금 풀린 나는 자고 있는 승현의 옆에 다가가 누웠다. 승현은 등을 돌려버렸다.

싸운 다음 날은 〈알토란〉 녹화 날이었다. 녹화장까지 가는 내내 승현과 난 한마디도 섞지 않았다. 우울한 마음으로 대기실에 들어섰는데 배우 유지인 선생님이 우리의 기류를 읽었는지 다가와 내 등을 쓸며 한마디 하셨다.

"정윤아, 결혼 전에는 그냥 너만 신경 쓰면 됐는데 승현이까지 신경 쓰려니까 힘들지? 갑자기 네가 짠하다."

나는 서러운 마음에 울컥 눈물이 났는데 그 눈물을 삼키느라 아무 대답도 하지 못했다. 녹화가 시작됐다. 승현은 프로였다. 언제 싸웠냐는 듯이 아무렇지도 않게 녹화를 이어가는데 나는 그게 또 서운했다. 부부가 함께 일을 한다는 건 장점도 있지만 싸웠을 때를 생각하면 단점이 된다. 〈알토란〉 녹화는 아침부터 밤 늦게까지 진행되는데 그동안 우린 사적인 감정은 꽁꽁 숨기고 서로를 대면하며 일을 해야 했다. 어색하고 불편한 하루가 지나갔다.

다음 날 아침, 승현이 스케줄을 나가기 전 난 화해의 의미로 밥을 차렸다. 승현은 아무 말 없이 밥을 잘 먹고 나갔다. 난 그렇게 우리가 화해한 줄 알았다. 그런데 잠시 후 승현에게 장문의 문자가 왔다. 요약하자면, 자기는 기분이 풀리는 데 오래 걸리니 당분간은 말을 안 하고 지내는 게 좋겠다는 거였다. 머리를 한 대 맞은 거 같았다. 나는 불같이 화를 내면 풀리는 편인데, 승현은 말을 아끼는 대신 오래가는 스타일인 것 같았다. 아무튼 우리가 싸운 원인은 별일도 아닌 걸로 화를 낸 나에게 있었고, 거기에 대해서 승현은 긴 시위를 할 작정인 거 같았다. 나는 직감적으로 이젠 싸움과는 별개로 기싸움의 상황에 들어섰다고 느꼈다. 여기서 지면 평생 질 것 같은 생각이 들었다. 지금 생각하면 우스운데 그땐 정말 심각했다. 나는 캐리어를 꺼내와 짐을 싸기 시작했다. 그리고 승현에게 문자를 보냈다.

"나 집 나가요. 편히 혼자 지내세요."

그렇게 내 생애 첫 가출을 했다.

내가 집을 나가겠다는 말에 승현은 의외로 세게 나왔다. 장 작가를 속상하게 하려는 의미로 말한 건 아니지만 장 작가가 나가겠다면 할 수 없지요, 이런 식의 답변이었다. 할 수 없지요…… 할 수 없지요? 내가 집을 나가겠다 선포한 건 날 붙잡고 이제 그만 항복하라는 말인데 승현은 그렇게 해주고 싶지 않은 모양이었다. 이젠 네가 이기나 내가 이기나 끝까지 가는 수밖에 없었다. 이때까지만 해도 승현은 내가 그다지 유순하지 않으며, 한다면 하는 여자라는 걸 깨닫지 못했던 것 같다. 하긴 나도 그랬다. 연애할 땐 이 사람을 다 안다고 생각했는데, 결혼하고 보니 전혀 모르는 사람과 결혼했구나 싶었다. '연애 8개월 만에 결혼이라니, 내가 미쳤지.' 내 이마를 종종 쳤다. 승현과 대화하며 우리가 좀 더 오래 연애했다면 헤어졌을 것 같다고 말하자 자기도 마찬가지라고 했다(절대 지는 스타일이 아니다).

　언젠가 엄마에게 승현이 도대체 어떤 사람인지 알 수 없다고 말하자, 엄마는 남편이라는 사람은 안다 싶으면 모르겠고 또 알겠다 싶으면 모르는 평생 알 수 없는 존재라고 했다. 또 남편에 대해 100퍼센트 알 필요도 없고 딱 30퍼센트 정도 알고 사는 게 적당한 거라고 했다. 그땐 그게 말이 되냐고 반박했으나 지금은 그 말이 뭔지 조금은 알 것도 같다.

　어쨌든 승현이 붙잡지 않았기에 나는 집을 나갈 수밖에 없었다. 멀리 갈 엄두는 나지 않고 집 근처 우리가 결혼했던 호텔에 방을 잡았다. 첫 부부싸움을 하고 온 곳이 결혼했던 호텔이라니. 그때는 그토록 행복했는데 지금은 어떻게 이렇게 불행하지? 호텔방에 가니 뷰도 좋고 욕조도 좋았지만 혼자인 나는 행복하지 않았다. 읽겠다고 들고 간 책을 펼쳐보았지만 눈에 들어오지 않았고 텔레비전 프로그램도 다 재미없었다. 슬픈 기분이 들었다. 승현과 함께 있고 싶었다. 그냥 집에 들어갈까 망설였지만 기싸움에서 지고 싶진 않았다. 혼자 이를 갈았다. 승현의 전화나 문자를 다 씹을 것이며 이틀에서 삼일 정도는 애태워야겠다고 마음을 다잡았다. 그러면서도 연락을 기다렸는데 승현은 연락 한 번 해오지 않았다. 연락이 와야 통쾌하게 씹어 줄 텐데 내 작전은 실패로 돌아간 듯싶었다.

겨우 잠들었는데 새벽에 눈이 떠졌다. 습관적으로 인스타그램에 들어갔는데 승현이 밤사이 피드를 두 개나 올렸다. 그 피드는 너무 충격적이었다. 우리 집에 친구를 불러 술을 마시고 있는 사진, 그리고 댄서인 친구가 춤을 추는 동영상을 올린 것이다. 내가 집을 나갔는데, 친구를 집에 불러서 놀아? 나한텐 연락 한 번 없고? 나는 잠깐 이 사람하고 계속 살 것인지 스스로에게 물었다. 그러고는 조금 울다가 다시 잠들었다. 나는 2~3일 집에 안 들어갈 생각이었으므로 짐도 꽤 챙겨왔고 호텔방도 이틀 잡았지만 그냥 체크아웃하고 집에 들어갔다. 내가 집을 나온 이후 그의 행동이 너무 어이가 없었고, 그에게 내가 없는 자유를 허락할 수 없었기에.

승현은 스케줄이 있어 저녁 늦게야 들어왔다. 대판 싸

울 작정이었지만 승현을 보는 순간 마음이 녹아버렸다. 승현도 그랬는지 나를 보더니 그냥 안아주었다. 그로써 기싸움의 승자는 누구도 되지 못했다. 그 이후 여러 차례 싸우며 나는 생각했다. 굳이 싸울 필요는 없지만 어쩌다 싸우게 된다면 이왕이면 이익이 있는 싸움을 하자고. 격해진 감정에 했던 말은 진심이 아니니 마음에 담아두지 말 것. 그리고 꼭 한 번 역지사지로 생각해볼 것. 상대를 이해하는 방향으로, 그리고 내가 성숙해지는 방향으로 생각할 것. 그렇게 우리는 한 번 삐끗할 때마다 조금씩 나아졌다.

드라마 〈최고의 이혼〉에 이런 말이 나온다. 남이랑 가족이 된다는 건 바닥을 닦는 것과 비슷하다고. 닦을 때마다 매일 안 보이던 흠들이 보이고 그래서 지우고 덮고 더 열심히 닦는다고. 흠 없는 사람이 세상에 어디 있을까? 40년 가까이 따로 살다가 만난 승현과 나는 지금도 달라도 너무 다르다. 그래도 우린 서로 기꺼이 서로의 흠을 덮고 닦아줄 마음이 있다. 그런 사람을 만났다는 것만으로도 일단 이 결혼생활의 반은 성공 아닐까.

말하지 않는
남자

승현과 살면서 가장 답답하면서도 끝끝내 고쳐지지 않아 포기해야 했던 부분은 그의 침묵이다. 이렇게 얘기하면 그가 과묵한 편이라 생각할 수 있지만, 오히려 그 반대다. 그는 자신과 관련 없는 제3자의 이야기를 매일 나에게 시시콜콜 쏟아놓는다. 그러다 결국엔 화두에 오른 제3자의 걱정으로 끝이 난다. 그럴 때 난 짧고 굵게 한마디 한다.

"선배, 우리 걱정이나 하자."

남의 이야기는 그렇게 잘 풀어놓으면서 승현은 정작 본인에게 일어난 사건과 감정에 대해서는 잘 이야기하지 않는다. 몇 가지 대표적인 사건을 풀어보겠다.

새똥 사건

선선한 저녁, 기분 좋게 승현과 산책을 하던 나는 별안간 이마에 새똥을 맞았다. 평소 비둘기 포비아가 있는데 그 똥까지 맞았다는 사실이 끔찍했다. 승현은 편의점에서 산 물티슈로 기분이 완전 상해버린 내 이마를 닦으며 위로했다.

"장 작가, 나도 새똥 맞은 적 있어요. 얼마나 황당하던지……."

"언제요?"

"그때 우리 익선동에서 데이트 할 때요."

익선동 데이트…… 그렇다. 나는 그때 정말 의문스러웠다. 스쿠터를 타고 익선동에 도착해 우린 유명하다는 파스타집에 들어갔다. 그는 알아서 주문하라고 하더니 이내 어디론가 사라졌다. 음식이 나오고 나서도 한참을 그는 나타나지 않았다. 음식 식는 게 제일 싫은 사람인 나는 짜증이 올라오기 시작했다. 이윽고 그가 나타났는데 머리와 상의가 홀딱 젖은 채였다. 홀 안에 있던 사람들이 모두 쳐다보았다. 나는 무슨 일이냐고 물어보았지만 그는 '더워서'라고 말했다. 때는 가을이었다. 거짓말도 때와 장소에 맞춰 그럴싸하게 해야 하는 건데……. 참 성의 없는 변명이라고 생각했지만 더 묻지 않았다. 하지만 맥없이 그 의문이 이제야 풀린 것이다. 정답은 새똥이었다.

"그때 새똥 지우느라 홀딱 젖었던 거야? 그런데 왜 말 안 했어?"

승현은 또 답하지 않았다. 그냥 머쓱하게 웃고 말았다.

나뭇가지 사건

술에 취해서 들어온 승현의 얼굴이 긁혀 있었다. 다음 날 정신을 차린 그에게 왜 얼굴이 긁혀 있냐고 물었다. 그는 답하지 않았다. 나는 머릿속으로 온갖 상상을 다 했다. 넘어졌나? 싸웠나? 맞았나? 몇 번 그를 추궁했으나 답을 들을 수 없었다.

그러던 어느 날, 그와 산책을 하고 있었다. 작은 키의 나뭇가지들이 큰 키의 그에게 걸리적거리는 느낌이 들어 조심하라고 말하며 이렇게 덧붙였다.

"키가 큰 사람들은 걸어 다니기도 힘들겠어. 나뭇가지에 긁히면 어떡해."

"그래서 내가 그때 나뭇가지에 얼굴 긁힌 거잖아."

"응……?"

그의 얼굴에 생긴 상처는 걱정할 것도 없는 단순 사고였던 것이다. 나는 왜 며칠 동안 걱정한 것인가. 순간 화가 나서 그의 손을 뿌리치고 싶었지만 그는 내 손을 더 꼭 잡았다.

관종이니? 사건

밖에서 술을 마시고 들어온 승현의 옷에서 고기 냄새가 났다. 냄새를 빼고자 겉옷을 스타일러에 넣었다. 그런데 씻고 나온 승현이 겉옷 주머니에서 뺄 게 있다고 하는 것이다. 내가 빼겠다고 하자 자기가 빼겠다고 우기기 시작해 그러라고 했다. 그는 스타일러 작동법을 모르기 때문에 내가 대신 스타일러를 멈춰주었고 다시 작동시키기 위해 옆에 서 있었다. 그는 주머니에서 뭘 빼는가 싶더니 얼른 두 손으로 그것을 숨기고 황급히 방을 나가는 것이었다. 이 상황에서 수상함을 느끼지 않을 아내가 있을까? 바로 쫓아가 손에 쥔 게 뭐냐며 내놓으라고 했다. 잠깐의 실랑이가 있었으나 그의 힘을 내가 따라갈 순 없는 일이다. 그는 그것을 잠옷 주머니에 넣더니 방에 들어가 곧 잠들었다. 코 고는 것까지 확인하고 그의 주머니에서 그것을 꺼냈다. 무엇일 것 같은가? 이어폰이었다. 그것도 나와 공용으로 쓰는 사연 없는 이어폰. 나는 다음 날 그에게 왜 이어폰을 숨겼는지 물었으나 그는 마찬가지로 대답하지 않았다. 답답한 난 한마디 했다.

"뭐야, 관종이야?"

관심받고 싶어서 그러는 게 아니라면 굳이 이어폰을 왜 그렇게까지 숨겼단 말인가. 이후 그는 몇 번 비슷한 행동을 취했다. 그때마다 숨기는 물건의 정체는 달라졌는데 어느 날은 숙취해소제, 어느 날은 펜, 어느 날은 명함 같은 것이었다. 그리고 나는 결심했다. 앞으로는 술취한 그에게 관심 갖지 않기로.

김승현 실종 사건

그날은 내가 산부인과에서 간단한 시술을 받은 날이었다. 전신마취를 한 후라 그런지 낮부터 저녁까지 잠들고 말았다. 컨디션이 괜찮아지면 저녁에 승현과 광화문에서 하는 행사에 가기로 했기에 자면서도 내내 편한 마음은 아니었다. 잠결에 도어락 소리가 들려 핸드폰 시계를 보니 저녁 6시 반이었다. 거실에 나가보니 TV가 켜져 있어서 승현이 집 앞 편의점에 갔다고 생각했다. 나 때문에 온종일 지루하게 집에 붙어 있었을 승현이 안쓰러워 돌아오면 같이 산책이라도 가야지 싶었다. 그런데 7시가 되도, 8시가 되도 승현이 오지 않았다. 나는 승현에게 전화를 걸었다. 받지 않았다. 그렇게 9시가 가깝도록 집에 오지도, 연락을 받지도 않는 승현에게 화가 나기 시작했다. 내 상식선에서는 어디를 갈 땐 간다고 말하는 게 같이 사는 사람에 대한 배려다. 혹시 잠에서 깰까 말하지 못했다면 문자라도 남겨놔야 하는 거 아닌가. 혹은 전화라도 받아야 하는 거 아닌가. 승현은 내가 폭발하기 직전인 시점에 운 좋게 들어왔다. 몇 권의 잡지책과 날 위한 꽃을 들고. 꽃이 하나도 반갑지 않았다. 어디 갔다 왔냐고 묻자 서점이라고 말했다. 나는 방문을 닫고 침대에 누워 명상음악을 틀었다.

3시간 가까이 서점에만 있었을 리 없는데 그는 항상 하나만 말한다. 누구를 만나냐고 물으면 만나는 다섯 명 중에 한 명만, 미용실에 간다고 하길래 머리는 어떻게 할 거냐고 물으면 다운펌, 염색도 할 거면서 커트만 한다고 말하는 남자. 남편에 대해서 관심이 지나친 거 아니냐고 묻는 사람도 있을 것이다. 내가 꼭 승현에 대한 모든 것을 알고 싶어서 이러는 게 아니다. 매번 이런 일이 반복되면 그에 대한 신뢰가 사라질 수 있다. 말 뒤에 뭐가 더 있을 거라는 생각이 들게 된다. 그리고 말하지 않은 부분에 대해서 의구심을 갖게 된다. 그리고 한 번도 시원하게 말하는 법이 없는 그와 더 이상 대화하고 싶어지지 않을 수 있다.

그의 이상한 침묵 중에서도 그에게 안 좋은 일이 일어났을 때의 침묵이 가장 견디기 힘들다. 나에게 악영향을 미치기 때문이다. 승현은 보기보다 예민하고 스트레스에 취약한 사람이다. 밖에서 안 좋은 일이 있을 때 그 먹구름을 집에까지 몰고온 후 혼자 끙끙댄다. 아내로서 그런 남편을 모른 척하기 힘들다. 무슨 일이 있냐고 물어보지만 그는 절대 말하지 않는다. 풀어내지 못한 먹구름은 금세 나에게까지 전염된다. 그가 걱정되면서도 한편으로는 나에게 말하지 않는 것이 서운하다. 들려오는 그의 한숨이 송곳같이 느껴져 나도 한없이 예민해진다. 배려받지 못함에 심기가 불편해진다. 우리 둘 사이의 문제가 아닌데 우리 사이에도 먹구름이 낀다. 나는 별것도 아닌 걸로 짜증을 부리기 시작하고 승현은 참아왔던 스트레스를 폭발시킨다. 이런 패턴이 여러 번 반복되자 더 견디기 힘들었다.

"선배, 스트레스받는 일이 있으면 그게 뭔지 얘기해주면 안 될까? 같이 지내는 사람은 상대가 무슨 이유로 힘들어하는지도 모르는 채 살얼음판 걷는 기분으로 집에서 지내야 하잖아. 덜어낼 수 있는 마음은 덜어내고 같이 해결하면 좋잖아."

승현은 조금씩 노력하기 시작했다. 처음에는 집에 들어오기 전 오늘은 이래저래 기분이 안 좋으니 이해해달라고 문자를 보냈고, 거기에 익숙해지자 얼굴을 보고도 말할 수 있게 됐다. 이때 아내에게 가장 중요한 건 쓸데없는 이성과 판단은 접어두고 열렬하게 남편의 편을 들어줘야 한다는 것이다. 승현은 말함으로써 공감받고 위로받고 비로소 먹구름을 풀어낼 수 있다는 걸 알게 되었다. 더는 컴컴한 동굴에 혼자 있지 않아도 된다는 것을 알게 된 듯했다.

하지만 가끔은 동굴 속으로 들어가곤 한다. 승현이 노력해준 만큼 나도 노력해야 한다는 걸 알기에 답답하더라도 그냥 둔다. 실컷 동굴의 삶을 즐기다 나온 승현이 결국 자신의 이야기를 나눠줄 것이란 걸 알기 때문이다.

많은 감정을
감당해온 그녀에게

———

혼인신고 처리가 완료되었다는 문자를 받고 승현과 난
동사무소에 가서 괜히 가족관계증명서를 떼보았다. 남편이
생겼고 딸이 생겼다니……. 문서로 다시 한 번 확인되는 나
의 가족관계. 기분이 오묘했다. 무엇보다 법적으로 내가 누
군가의 엄마가 되었다는 사실이 새로웠다. 그녀와 어떻게 지
내게 될까, 내심 기대되면서도 무거운 책임감이 느껴졌다. 어
떤 관계든 작고 큰 문제는 생기기 마련. 실제 엄마와 딸이라
면 함께한 세월이 있다 보니 트러블이 있어도 회복탄력성이
있겠지만, 그녀와 난 되돌릴 수 없는 관계가 될 가능성이 컸

다. 문제가 생겼을 때 내가 과연 현명하게 대처할 수 있을까…… 잘 알 수 없는 일이었다.

　　나는 누군가에게 먼저 다가가 살갑게 구는 성격이 못된다. 특히 승현의 딸처럼 상대가 나를 어떻게 생각하고 있는지 알 수 없을 때는 더욱 그렇다. 일단 나는 지켜보기로 했다. 시댁에 가도 승현의 딸은 방에서 좀처럼 나오지 않았고, 때문에 나는 이 관계에 대해서 더 웅크리게 되었던 것 같다. 그러던 어느 날 그녀에게 톡이 왔다.

　　언니, 뭐 하세요?

　　나는 톡을 보낸 이가 승현의 딸임을 알고 잠시 긴장했다. 작은 부분도 실수하고 싶지 않았기 때문이다. 나에게 별거 아닌 말이 그녀에겐 상처가 될 수도 있으니까.

　　아빠가 외출해서 혼자 저녁 먹고 있어.

30분가량 톡을 주고받았는데 대화는 순조롭고 재밌었다. 그녀가 드디어 나에게 마음을 연 건가 싶어 마음 한구석이 따뜻해지기도 했다. 그러다 나는 피식 웃고 말았다. 그녀가 왜 나에게 먼저 연락했을까, 내내 궁금했는데 이내 명백한 목적이 있다는 걸 알았기 때문이다. 그녀는 대뜸 톡 화제를 머리 이야기로 돌렸다. 단발머리가 지겨워 붙임머리를 하고 싶은데 너무 비싸다는 것이었다. "얼만데? 어머 비싸다!" 하고 끝낼 수도 있었지만 난 기꺼이 그 값을 지불해주고 싶었다. 이제 막 스무 살이 된 그녀에게 내가 해줄 수 있는 건 그런 것뿐이었다. 입 닫고 지갑 여는 어른이 원래 가장 좋은 어른 아닌가.

　다음 날 그녀는 미용실에 도착했다는 톡을 보내왔고 나는 바로 미용실에 입금했다. 그리고 그건 우리 둘만의 비밀로 하기로 했다. 그걸로 끝이었다면 꽤 귀엽고 깜찍한 에피소드가 되었을 텐데 이후 그런 일이 몇 번 반복되었다.

　나는 내 스무 살 때를 떠올렸다. 하고 싶고 사고 싶은 것도 많았던 그때, 나도 항상 용돈이 부족해서 일하고 있는 아빠에게 전화를 걸어 돈을 보내줄 것을 닦달하곤 했다. 그녀도 용돈 가지고 살 수 없는 게 있을 때 삼촌, 할머니를 닦달한 후 마지막으로 나에게 연락을 하는 것 같았다(화부터 낼 게 뻔한 승현은 그녀의 목록에서 항상 제외되었다).

나는 그녀에게 쓰는 돈은 하나도 아깝지 않았다. 다만 걱정되는 건 우리의 관계였다. 나는 그녀의 요구를 거절하기 힘든 위치에 있고 그렇다고 그녀에게 '필요한 건 뭐든지 사주는 언니'가 되고 싶진 않았다. 정신적으로 의지되는 사람이고 싶었지, 물질적으로 의지되는 사람이 되고 싶진 않았던 것이다. 나는 처음에 그녀의 요구를 너무 쉽게 들어준 걸 후회했고 관계를 다시 잡아야 된다고 생각했다.

또 한 차례 가지고 싶은 게 있다며 연락이 왔을 때 나는 결심하고 답장을 보냈다.

아빠랑 상의해보고
아빠도 동의하면 돈을 보내라 할게.

그녀는 당황하는 듯했지만 승현이 내 말은 수용해줄 거라 생각했는지 그럼 아빠에게 잘 말해달라 부탁했다. 나는 승현에게 이제까지 그녀와 있었던 일들을 이야기했고, 승현은 나에게 크게 화내기 시작했다.

"애가 해달라고 하는 걸 다 해주면 어떡해?"

알고 보니 그녀가 삼촌과 할머니에게 무언가를 요구할 때 그들은 항상 승현의 동의를 구했고 그 돈은 웬만하면 다 승현의 주머니에서 나갔다고 한다. 그런 것도 모르고 그녀의 환심을 사려고 나는 돈을 써왔던 것이다. 가지고 싶은 게 많은 스무 살은 아무 잘못이 없었다. 모두 잘 보이고 싶은 마음이 앞선 내 탓이었다. 승현은 나도 혼냈지만 딸도 많이 혼냈다. 우리는 그렇게 승현에게 눈물 찔끔 날 정도로 혼나고 한동안 서로 연락하지 않았다.

세상 사람들은 나와 승현의 딸이 어떻게 지내는지 궁금해한다. 그럭저럭 지낸다. 하지만 여전히 내가 상대하기 어려운 존재이긴 하다. 그저 마음속으로만 애틋해하고 걱정하고 응원할 뿐이다. 가끔 승현에게 못되게 굴 땐 조금 밉기도 하지만 전혀 관여하진 않는다. 관계를 위해서 어떤 노력도 하지 않는다. 내가 아무것도 하지 않음에 대해, 그녀는 어쩌면 조금 서운해할지도 모르겠다. 그렇지만 난 승현의 딸이 내 나이가 되면 자연스럽게 모든 감정을 알게 될 것이라 믿는다. 언니가 어려웠던 부분, 언니가 속상했던 부분, 언니가 그럴 수밖에 없었던 이유를. 스무 살엔 커보였던 언니가 그때 고작 서른일곱 살밖엔 안 된 미성숙한 사람이었다는 것을.

난 우리 사이를 조급하게 생각하지 않는다. 결국 우린 평생 함께할 테니까. 내가 90까지 산다면 우리에겐 50년의 시간이 있다. 천천히 오랜 시간을 들여 촘촘하게 친해지는 사이도 낭만적이지 않은가.

나도 시댁이 싫다

'나도 시댁이 싫다'라고 소제목을 적어놓긴 했지만 진짜로 나의 시부모님이 싫은 건 아니다. 한국 사회에서 유독 강요되는 시부모님과 며느리의 관계가 싫을 뿐이다. 사위에게는 주어지지 않는 안부전화, 방문, 집안일, 임신 등의 임무가 왜 며느리들에겐 필수가 되는 걸까. 비서를 구한 게 아닐텐데 말이다. 며느리는 아들의 아내일 뿐인데 말이다.

시부모님은 내가 처음 인사 간 날 "우리는 아무것도 바라는 게 없다. 그저 너희만 잘살면 된다."라고 말씀하셨다. 순진한 난 그 말을 철썩같이 믿고 결혼생활 중 시부모님과의 관계는 순탄할 거라고 생각했다. 하지만 그것은 나의 착각이었다. 잘해주실 때도 많았지만, 가끔 시부모로서 며느리에게 권위를 행사하려 하실 때는 다큐 영화 〈B급 며느리〉처럼 동네가 떠나가라 소리 지르고 싶었다. 며느리는 죄가 없다. 그런데 시댁에 조금만 소홀해도 죄인이 된다. 몇 가지 에피소드를 풀어본다.

어머님한텐 아버님이 잘하시면 안 될까요?

시아버지는 나에게 바라는 게 많으셨다. 방송에 출연하셔서 전혀 나와 상관없는 주제인데, 갑자기 내 이야기를 꺼내셨다. 며느리가 자주 전화하지 않는다, 찾아오지 않는다, 애교가 없다 등등의 말들을 말이다. 그 방송을 보고 있던 나는 눈물이 핑 돌았다. 남들은 업고 다녀도 모자랄 며느리를 얻었다고 하는데 시아버지는 왜 나를 못마땅해 하실까, 하는 생각에 가슴이 서늘해졌다.

그러던 어느 날, 속상한 사건이 하나 생겼다. 승현의 가족이 막 유튜브 채널을 개설했을 때였다. 구독자 수를 늘리기 위해 이런저런 시도를 하던 중 승현의 딸이 자신의 친모에 대해서 이야기를 하게 된 것이다. 시어머니와 시동생도 나란히 앉아서. 나는 가족들에게 알 수 없는 배신감을 느꼈다. 내가 이상한가 싶어 친한 친구 몇 명에게 물어보았는데 나보다 더 화를 내었다. 나는 며칠을 혼자 묵히다 갑자기 울음이 터졌다. 거실에서 TV를 보던 승현은 놀라서 달려왔다. 나는 내 서운한 감정을 승현에게 모두 말했다. 승현은 내 감정에 100% 공감해주었다. 그로써 내 기분은 어느 정도 풀렸는데 문제는 승현이 가족들에게 다시는 그런 일을 하지 말라고 화를 낸 것이다. 시어머니에게 전화가 왔다. 진심으로 미안해하셨다. 나는 괜찮다고 했고 그로써 이 일은 끝났다고 생각했다. 하지만 며칠 뒤 시아버지의 편지가 집에 도착했다. 편지의 도입부는 내가 광산 김씨 집안에 들어와 기쁘고 고맙다는 내용이었다. 그러다 그 편지는 마치 다비치의 노래처럼 갑자기 장르가 변했다.

'하지만 나는 네가 이렇게 속 좁은 아이인 줄 몰랐다.'

자세히 기억은 안 나지만 별것도 아닌 일로 가정에 불란을 일으킨 나에 대한 유감의 말씀이었다. 나는 승현 앞에서 편지를 읽고 있었는데 당황하는 표정을 숨길 수 없어 황급히 방으로 들어가 문을 잠갔다. 승현은 방문까지 따라와 편지를 보여달라고 했지만, 나는 또 다시 가정에 불란을 일으키는 아이가 될까봐 편지를 서랍장 깊숙이 밀어넣었다.

덧붙이자면 시아버지의 편지는 이렇게 끝났다.

'너에게 바라는 것 없다. 시어머니에게 잘해라. 외로운 사람이다. 나는 그거면 된다.'

그 순간 생각했다. 나에게 바라지 말고 시아버지나 시어머니에게 잘했으면 좋겠다고. 하지만 그 이후로 지금까지도 시아버지는 나에게 관심을 끊지 않고 지속적으로 바라신다. 자주 찾아오기를, 전화하기를, 애교 부리기를. 하지만 난 그러지 않기로 했다. 아버님이 그런 이야기를 하실 때마다 난 승현에게 그 말을 그대로 한다.

"아버님한테 전화 좀 자주 드려. 김포 집에 자주 좀 찾아가. 애교 좀 부려. 효도는 셀프야."

난 시댁에 하지 않는 대신 친정 부모님에게 더 신경 쓰고 잘하기로 결심했다. 그리고 친정 부모님 또한 며느리가 있기에 항상 말한다.

"며느리한테 아무것도 바라지 마. 며느리 자랄 때 연필 한 자루라도 사줬어? 왜 남의 집 귀한 딸한테 이것저것 해달라고 해? 효도는 아들이나 딸이 하는 거야."

딸의 혹독한 정신교육에 엄마는 알아들으신 것 같으나 아빠는 잘 못 알아들으신 듯하다. 한국의 시아버지들은 왜 그럴까.

저는 딸이 아니라 며느리인데요

시어머니는 전적으로 내 편의를 봐주시는 좋은 시어머니에 속한다. 하지만 시어머니와 며느리 간에 빼놓을 수 없는 전화 문제가 우리에게도 있었다.

신혼 초에는 시어머니와 일주일에 한 번 정도 통화를 했던 것 같다. 처음에는 시어머니가 살아오신 이야기, 시아버지가 속을 썩이신 이야기 등을 듣는 재미가 있었다. 그런데 어느 순간 시어머니의 이야기가 반복되기 시작했다. 통화를 해도 딱히 할 이야기가 없었기에 나는 처음처럼 자주 전화를 걸지 않았다. 의무는 아니라고 생각했기 때문이다. 그러나 시어머니 생각은 달랐다. 자주 전화하던 애가 전화를 걸어오지 않자 본인도 모르게 서운한 감정이 생긴 것이다.

그러던 어느 날, 전화를 기다리던 시어머니는 나에게 전화를 걸기로 결심하셨다. 그런데 하필 그때 내가 한 고등학교에 초청되어 방송작가로서 강연을 하고 있었다. 대충 질의응답으로 시간을 때울 생각이었던 나는 입을 꾹 다물고 아무 말도 하지 않는 고등학생들 앞에서 땀을 삐질 흘리고 있었다. 겨우 시간을 채우고 나온 나는 기진맥진한 상황이었고, 하필 그날 저녁 집들이가 있었기 때문에 집에 도착해 음식 준비를 하느라 바빴다. 시어머니한테 전화가 왔었다는 걸 전혀 몰랐다. 그렇게 한 달 정도가 지났나보다. 승현이 심드렁하게 나에게 말했다.

"엄마가 전화했다는데 왜 안 받았어?"

"응? 전화 안 왔는데……."

"엄마가 했다는데?"

나는 통화 목록을 보기 시작했다. 그리고 한 달 전 걸려온 시어머니의 부재중 전화를 발견했다. 그런데 그렇다 한들 이게 무슨 문제가 되지? 나는 의문스러웠다. 나는 바로 시어머니에게 전화를 걸었다. 받지 않으셨다. 그리고 다음 날 전화를 했지만 받지 않으셨다. 다음 날 다시 했지만 받지 않으셨다. 아, 일부러 받지 않으시는 거였다. 나는 그 시점에 마음이 너무 힘들어졌다.

단 한 통화의 전화를 받지 않았다고, 바로 다시 전화하지 않았다고 감정의 골이 생길 일인가. 일하는 며느리에게 너무 혹독한 처사 아닌가.

그러다 추석이 다가왔다. 시댁에 가면 시어머니도 시아버지도 냉랭하게 구시겠지? 그럼 나는 어떻게 대처할 것인가에 대해 며칠 머리가 아팠다. 하지만 시어머니는 아무 일 없다는 듯 대하셨고 나는 조금 허무한 마음이 들었다.

시어머니는 나를 볼 때마다 말씀하신다. 나는 너를 딸처럼 생각한다고. 하지만 나는 그 말이 싫다. '딸처럼'이 가지고 있는 애매모호함 때문이다. 그 애매함 속에서 관계는 자꾸 망가진다. 나는 시어머니가 그렇게 말씀하실 때 가만히 웃긴 하지만 속으로 생각한다.

'저는 딸이 아니라 며느리인데요.'

나는 시어머니가 나에게 어떠한 기대도 실망도 없이 딱 며느리로 대해주실 날을 기다린다. 시부모님과 내가 겪는 이 일들은 가족이 되어가는 과정이라 생각한다. 모든 과정에는 시행착오가 따른다. 우린 결국 서로간의 적당한 거리를 찾게 될 것이다. 그렇게 된다면 가깝다고 생각하며 함부로 대하거나 멀다고 생각해서 서운해하지 않아도 되겠지.

때론 둘이어서
외롭다

———

결혼하고 1년 정도 지났을까. 보호자라고 생각했던 승현에게 차디찬 배신감을 느낀 적이 있다. 이후로도 종종 그는 타인처럼 굴곤 했다. 꼭 내가 아플 때마다.

내가 회원으로 가입된 방송작가협회에서는 매년 무료로 건강검진을 받을 수 있게 해준다. 겁이 나서 미루고 있는 대장내시경을 받기로 했다. 임신을 염두하고 있었기에 내 몸 구석구석 건강한지 미리 체크하고 싶었기 때문이다. 건강검진 전날, 악명 높은 관장약을 마시며 내내 괴로웠다. 이미 경험이 있는 승현은 괜찮냐고 묻는 대신, 자신도 괴로웠다며 과거를 회상하기 바빴다. 나는 밤새 화장실을 들락거리느라 잠을 한숨도 못 자고 새벽에 집을 나섰다. 승현은 깊은 잠에 빠져 내가 나가는지도 몰랐다. 그런데 건강검진을 모두 마치고 뜻밖의 결과를 들었다.

"장정윤 님, 용종이 총 세 개가 있었는데요. 두 개는 뗐는데 한 개는 맹장 근처에 붙어 있어서 떼지 못했습니다. 이 용종은 대학병원에 가서 떼셔야 해요. 대학병원 연결해 드릴게요."

대학병원은 큰 병일 때 가는 걸로 알았던 나는 덜컥 겁이 나서 눈물이 날 것만 같았다. 출근해서 자리에 앉아 있었지만 일이 손에 잡히지 않아 양해를 구하고 집으로 돌아왔다. 승현이 집에 있었다. 난 상황을 설명했지만 그는 자신과 상관없는 일이라 느꼈는지 아니면 대수롭지 않은 일이라 여겼는지 "그렇구나."라고 한마디만 할 뿐이었다. 나는 며칠 뒤 대학병원에 상담을 받으러 갔다. 어려운 시술은 아니지만 출혈이 있을 경우를 대비해 하루 입원을 해야 한다고 했다. 입원은 보호자와 함께해야 하며 환자와 보호자 모두 코로나

19 검사를 받아야 한다고 안내를 받았다. 내 머릿속에 떠오른 보호자는 남편인 승현, 한 명밖에 없었다.

"입원할 때 보호자가 꼭 같이 와야 한대."

"내가 가면 되지."

"그런데 입원하기 전에 코로나19 검사를 받아야 한다네."

승현의 표정이 순간 굳었다. 코로나19 검사를 받기 싫은 것이다. 나는 마음이 불편해져서 하지 말아야 할 한마디를 덧붙였다.

"엄마랑 가도 되고."

잠시 고민하던 승현이 어렵게 말을 꺼냈다.

"그럼 장모님이랑 갈래?"

코로나19가 기승을 부리고 있던 시절이라 입원하면 병실에만 있어야 하는데 사실 승현보다 엄마와 있는 게 나로서도 편했다. 또 엄마가 훨씬 나에게 도움 될 것이 확실했다. 차라리 잘됐다고 생각하긴 했지만 어쩐지 가슴 한 켠의 서운함은 사라지지 않았다. 나라면 그가 어떠한 이유로 입원을 하던 보호자를 자처할 것이기 때문이다. 이런저런 이유로 곤

란하니 시어머니랑 다녀오라고 말하진 않았을 것이다.

다행히 별 탈 없이 시술을 마쳤고 퇴원을 했다. 승현이 데리러 오기로 했기 때문에 엄마와 난 병원에서 죽을 먹으며 그를 기다렸다. 그런데 아무리 기다려도 그에게 도착했다는 연락이 오지 않았다. 전화를 걸었다.

"차 시동이 안 걸려."

이제껏 말썽 한번 없었던 차가 하필 오늘, 고장이 난 것이다.

"그럼 어떡해?"

"집에 택시 타고 와야 할 것 같은데."

택시를 타고 말고의 문제보다 조금도 미안하거나 난처해하지 않는 그의 반응이 황당했다. 난 승현이 본인 대신 보호자로 고생한 엄마에게 조금이나마 보답하길 바랐다. 그 작은 보답이란 건 차로 집까지 모셔다드리며 감사 인사를 전하는 것이었다. 하지만 그는 그런 건 생각도 못 하는 듯했다. 택시를 타고 집으로 가는 길 엄마에게 용돈을 보내며 미안하고 고맙다고 문자를 보냈다. 집 앞에 도착하니 승현이 주차

장에 서 있었다. 자동차 정비사를 기다리는 듯 했다. 나는 그를 못 본 체하고 집으로 들어갔다. 안방에 누워있는데 승현이 쭈뼛거리며 말을 걸었다.

"아니, 차가 하필 오늘 고장이 나가지고."

"나가."

그는 잠시 서 있더니 억울함을 호소하기 시작했다. 그렇다. 차가 고장 난 것에 승현의 잘못은 하나도 없다. 하지만 나라면 택시를 타고 데리러 왔을 것이다. 나라면 그랬을 것이다. 나라면! 승현은 많이 억울했는지 급기야 화까지 내기 시작했고 우리는 한참 말싸움을 했다.

그러다 문득 혼자 살 때 기억이 떠올랐다. 독립한 첫해, 독감에 걸려 엄청 아팠던 적이 있다. 부모님에게 옮길까봐 본가에 가지도 못하고 혼자 끙끙 앓는데, 생각보다 그다지 서럽지 않았다. 죽을 시켜 먹으려니 배달비가 너무 비싸 몇 천원을 아끼겠다고 그 아픈 몸을 이끌고 죽집까지 걸어갔다 오기도 했다. 혼자 잘 이겨내고 있는 내가 좋았다. 만약 결혼하지 않았다면 이번 일도 대수롭지 않게 잘 보냈을 나였다.

결혼하면 둘이 하나가 되는 거라고 착각했더랬다. 승현

의 마음이 내 마음과 같을 거라고 생각하고 기대했다. 하지만 우린 사랑으로 엮인 타인과 타인일 뿐이다. '나였으면 안 그랬을 텐데.'라는 생각은 다리가 하나 없는 의자에 불안하게 앉아 있는 것과 같다. 나는 결심했다. 그와 나를 분리하기로. 그리고 결혼 전처럼 내 두 발로 잘 서 있기로.

작년에 나는 노로바이러스와 코로나19를 연달아 겪었다. 이렇게 아프면 죽을 수도 있겠구나 싶었지만 혼자 잘 이겨내기로 했다. 하지만 승현에게 서운한 마음은 어쩔 수 없었다. 끙끙거리는 나에게 괜찮냐고 한마디 물어보지 않았다. 마음속으로 복수의 칼을 갈았다.

'너 아플 때 보자!'

내가 다 나을 때쯤 승현이 코로나19에 걸렸다. 승현은 침대에 누워 밤새 앓는 소리를 냈다. 나는 거실에서 TV를 보며 끝까지 모른 척했다. 본인도 본인이 한 게 있어서 그런지, 앓는 소리를 하지 않았다. 새벽에 자는데 그의 몸이 닿았다. 열이 펄펄 나고 있었다. 나는 스스로 약이라도 챙겨 먹었지만 승현은 무식하게 앓기만 할 뿐, 약 먹을 생각을 못 하는 것 같았다. 나는 등을 돌렸지만 곧 내가 그리 독한 사람이 못 된다는 걸 깨달았다. 얼음팩을 수건에 감싸 그의 이마와 목에 대주었고 깨워서 약을 먹였다. 그리고 밤새 그의 체온을 체크하며 간호했다. 그는 다음 날 조금은 개운해진 얼굴로 말했다.

"장작가 아니었으면 나 죽을 뻔했어!"

나는 어이가 없어서 웃고 말았다.

승현은 평소에 다정한 편인데 왜 내가 아플 때마다 모른 척을 하는 걸까. 매일 여기 아프다, 저기 아프다 하시지만 뚜렷한 병명이 없는 시어머니에게 질려서일까. 알 수 없다. 어쨌든 그렇게 생긴 사람이니 그냥 그러려니 한다. '혼자보다 둘이어서 더 외롭다.'라는 말이 아플 때마다 와닿는다. 그러니 아프지 않기로 한다.

CHAPTER 4

우리가 사는
선택의 순간들

연예인과
산다는 것

———

세상에 쉬운 일은 없다. 그리고 그 세계는 하나같이 독특하고 특별하다. 그래서 다른 일을 하는 사람들의 이야기를 듣다보면 완전히 다른 우주를 경험하는 느낌이 든다. 예상했던 것보다 색다른 면들이 많기 때문이다. 회사원이라고 다 같은 회사원이 아니며, 가정주부도 각자의 방식으로 프로의식을 발휘한다. 그런 의미로 tvN 〈유 퀴즈 온 더 블럭〉이나 KBS 〈인간극장〉 같은 다른 사람들의 삶을 들여다보는 프로그램을 좋아한다. 다들 사는 게 똑같으면서도 다르다. 그들의 이야기를 접하다보면 때론 존경하는 마음이 생겨나기도 한다. 내가 할 수 없는 일을 그들은 해내고 있으니까. 가령 매일 새벽 빵을 만들어 아침을 거르고 등교하는 아이들을 위해 자유롭게 빵을 가져가라고 내놓는 남해 어느 빵집 사장님, 시인이 된 환경미화원, 한글을 배우기 위해 손을 잡고 매일 야간학교에 나가는 노부부 등. 이들의 이야기를 듣다보면 어디 하나 소중하지 않은 삶은 없다는 걸 깨닫는다.

　　나는 방송작가로 16년 넘게 일했다. 누군가는 내 직업이 멋지다고 말한다. 물론 멋진 일이긴 하지만 그 실상을 들여다보면 드라마 속에서 그려지는 방송작가의 삶과는 거리가 있다. 물론 지금은 그렇지 않지만(잘 들어, 라테는 말이지……) 처음엔 80만 원이란 박봉을 받으며 일했고 믹스커피 타는 것이 주 업무일 때도 있었기에 칭찬을 받고자 맛있게 타는 법을 연구하기도 했다. 집에 못 들어갈 땐 누울 수 있는 곳이라면 어디라도 몸을 웅크리어 쪽잠을 자고, 방송국 앞 목욕탕에서 씻고 출근했다. 물론 집에 들어가지 못할 걸 예상하지 못했기에 옷은 내내 같은 걸 입었다. 사랑하는 사람들과 보내는 시간보다 팀원들과 보내는 시간이 더 많았다. 그 속에서 끈끈해지는 동료애…… 나쁘지 않았다. 그래, 내가 이

직업을 놓지 않은 이유는 일하는 게 즐거웠기 때문이다. 지금은 지긋지긋해진 탓에 잠시 쉬고 있지만 가끔은 일하고 싶어 몸이 근질거리기도 한다. 다 같이 둥그렇게 모여 앉아 회의를 하고 밤새 대본을 쓰고 즐겁게 녹화를 하고 한껏 피곤한 채로 자막을 쓰면서 나를 불태우고 싶은 것이다. 그렇게 불태우고 팀원들과 함께 먹는 소주 한잔은 어찌나 맛있는지……. 어쩌면 그 노동주 한잔이 그리운 걸지도.

그는 내가 자기와 같이 방송일을 하고 있으니 연예인인 자신을 잘 이해해줄 수 있을 거라고 말했다. 사실을 고백하자면 나는 그때 이해해줄 것이 뭐가 있을까 생각했다. 방송작가가 방송 한 편을 만들기 위해 거의 2주의 시간을 쩔쩔맨다면 연예인들은 녹화 날 하루 나와서 대본을 숙지한 후 진행하면 되는 거 아닌가. 미안하지만 일의 강도는 내가 더 세기에, 그들의 일은 상대적으로 쉽다고 생각했다. 하지만 이후 깨달았다. 그들의 일이 결코 쉽지 않다는 것을. 그뿐 아니라 내가 연예인의 아내로서 해야 할 일은 연예인의 삶을 통째로 이해하는 일이라는 걸. 그 과정은 정말로 쉽지 않았고 아직도 끝나지 않았다.

　우리는 연예인들이 스스로 생을 마감했다는 이야기를 종종 접한다. 나는 어떤 연예인이 대중의 뭇매를 맞을 때마다 걱정되곤 한다. 혹시나 그 무게를 견디지 못할까봐 실제로 만난 적도 없는 그들을 많이 걱정한다. 승현의 주변 친구 몇 명도 그렇게 세상을 떠났다. 결혼 전, 그는 쓸쓸한 표정을 지으며 말했다.

　"○○이 형이 살아 있었다면 내 결혼 소식을 듣고 정말 좋아했을 거야. 장 작가를 정말 많이 예뻐했을 거야."

　그에게 그분의 이름을 들은 건 그날이 처음이었다. 그분은 누구나 알 만한 유명한 연예인이었는데 그와 친했다는 것조차 몰랐기에 조금 놀랐다. 승현이 바닥으로 주저앉고 감정적으로 어려웠던 시절, 곁에서 지켜주며 연예인의 길을 그래도 이어가게 해준 분이라고 했다. 그런데 어느 날부터 그분은 많이 우울해졌고 그렇게 스스로 세상을 떠나는 길을 택했다고 했다. 얼마나 슬펐을까. 의지했고 좋아했고 꼭 옆에 있었으면 했던 사람이 스스로 세상을 떠나는 건 얼마나 슬프고 얼마나 많은 감정을 이겨내야 하는 일인지 나는 잘 알지 못한다.

그리고 우리가 결혼하고 얼마 지나지 않아 몇 건의 부고를 접했다. 모두 스스로 떠난 그의 친구들이었다. 나는 그때마다 떠난 이들이 안타까우면서도 그가 걱정되었다. 그는 내가 걱정할까봐 애써 괜찮은 척했던 것 같다. 나도 아무렇지 않은 척 장례식장에 잘 다녀왔냐며 등을 쓸어주었다. 그 슬픔에 잠식되지 않으려고 우린 각자의 노력을 했다.

내가 자주 듣는 질문은 '연예인과 결혼하면 어때?'이다. 대답하자면, 상상도 못 했던 재밌는 일이 벌어지기도 하지만, 생각하지도 못 했던 어려운 일을 겪기도 한다. 사회적으로 물의를 일으키는 잘못을 저질렀다면 욕을 먹어야 하는게 맞지만, 가만 보니 연예인이란 가만히 있어도 욕을 먹는 직업인 것이다.

알아본 팬이 사인해달라고 해서 해줬더니 받자마자 앞에서 박박 찢어버리는 일도 겪어야 하고, 술에 취한 어떤 사람이 뻔히 쳐다보며 왜 인사 안 하냐는 시비에도 웃으며 응대해야 하는 것까지가 그들의 일이다. 인터넷에 달리는 악플을 감내해야 하는 것까지도 그들과 그들 가족이 감당해야 하는 몫이다. TV에 나오는 걸로 돈을 벌고 네가 선택한 길이니 어느 정도 감수해야 한다고 말하는 사람들도 있을 것이다. 정말 그러한가? 그들도 누구나 그러하듯 좋아하는 일을 하기 위해 많은 걸 감수할 뿐이다. 그리고 한계치를 넘어서면 누구나 그러하듯 무너지고 마는 것이다.

승현은 한때 일이 없었다. 연예인에게 일이 없다는 건 돈의 문제만이 아니었다. 아무도 찾아주지 않음에 끊임없이 자신의 존재를 의심하게 되는 것이다. 그때 그는 지푸라기라도 잡는 심정으로 피디들을 만나 술을 마시는 일에 매진했다. 그런다고 일을 준다면 나라도 나서서 술상무를 자처하고 아부를 떨었을 것이다. 하지만 그런 수법은 이제 방송국에서 통하지 않는다. 나는 그런 그를 답답해했고 승현은 비즈니스의 일종인데 잔소리를 한다며 나를 답답해했다. 그리고 곧 그는 어둠 속으로 숨으려 했다. 한낮에도 암막커튼을 치고 소파에 누워 꼼짝도 않는 것이었다. 나는 커튼을 걷어재끼고 그의 손을 잡고 밖으로 나왔다. 하지만 아무런 의욕이 없어 보이는 그를 보며 속상하고 안타까웠다.

"연예인은 일이 있다가도 없고 없다가도 있는 건데 왜 이렇게 숨 막히게 굴어?"

나는 참다 참다 소리쳤다. 솔직히 말해 그는 데뷔 이후 일이 있었던 시절보다 없었던 시절이 더 많지 않았던가. 그는 다그치는 나에게 힘없이 얘기했다.

"일이 없다는 게 어떤 건지 아니까 더 무서워."

한 번 바닥까지 떨어진 경험은 그의 트라우마였다.

"분명히 일은 곧 들어올 거야. 선배는 충분히 가치있는 사람이니까. 쉴 때 잘 쉬어두자. 여행도 하고 운동도 하고. 응?"

알 수 없는 앞날이지만 아내로서 그렇게 얘기할 수밖에 없었다. 승현의 공백기가 길어져 경제적으로 어려워진다면 돈은 내가 벌면 된다. 하지만 그의 자존감은 내가 번 돈으로 해결되지 않는다는 걸 잘 안다. 때문에 끊임없는 응원이 필요하다. 잘했어. 잘하고 있어. 잘될 거야. 그리고 승현은 공백기를 잘 이겨내고 다시 방송을 시작했다. 나는 의기양양하게 말했다.

"거봐, 내가 뭐랬어. 방송에선 선배가 꼭 필요하다니까!"

이렇게 말하면 승현은 머쓱하게 웃으며 말한다.

연예인 아내들은 아마 모두 나와 같을 것이다.
제일 냉혹한 평가를 할 수 있는
악플러이자 가장 응원하는 열성팬.
얼마나 유명한지를 떠나
나에겐 가장 대단한 우주 대스타.

"그러니까…… 괜한 걱정을 했어."

단순해서 좋다. 승현은 열심히 하는 사람이니까 방송을 오래 할 것이고 할수록 잘할 것이다. 방송작가를 오래 한 사람으로서 알 수 있다. 연예인 아내들은 아마 모두 나와 같을 것이다. 제일 냉혹한 평가를 할 수 있는 악플러이자 가장 응원하는 열성팬. 얼마나 유명한지를 떠나 나에겐 가장 대단한 우주 대스타.

연예인 아내의
숙명이랄까

———

　나는 끝까지 방송에 나가지 않을 생각이었다. 방송에
나간다면 얻어지는 이익이 있어야 할 텐데 아무리 생각해도
그렇게 될 것 같지 않았다. 인플루언서가 되어 돈을 벌 만한
인물도 아니고, 언변이 화려해 방송을 지속적으로 할 수 있
는 인물도 아니었다. 주제 파악이 스스로 잘되는 것도 있지
만 무엇보다 그렇게 되고 싶은 마음이 없었다. 또 광산 김씨
패밀리에 섞여 하고 싶지 않은 말과 행동을 하며 나란 사람
을 왜곡시키고 싶지 않았다. 방송이란 건 늘 어느 정도의 설
정이 따르기에 만약 방송을 나간다면 그건 피할 수 없는 일

이었다. 다행히 남편도, 시댁식구도 내가 방송에 나가는 걸 원하지 않았다. 시어머니는 방송을 타는 건 피곤한 일이라고 하셨다.

몇 번의 섭외가 있었지만 매번 거절했다. 그러다 승현의 일이 점차 줄어든 시점이 왔다. 벌 땐 잘 벌기 때문에 일을 한동안 안 한다고 통장이 팍팍해지는 상황도 아닌데 승현은 많이 불안해했다. 그때 또 한 번의 섭외가 들어왔다.

"장 작가, 여행 프로그램에서 섭외가 들어왔어. 가족들하고 다 같이 가는 건데."

"그래? 잘됐다."

"그런데 장 작가도 나와 줄 수 있냐는데?"

나는 웃으며 거절했고 승현도 알겠다고 했다. 하지만 그렇게 물러날 방송국 사람들이 아니었다. 일주일 뒤였다.

"장 작가가 안 나오면 없던 일로 하겠대. 장 작가는 나갈 생각이 없는 거지?"

승현은 오랜만에 들어온 방송을 하고 싶어 했다. 잔인하게도 그 키를 내가 쥐게 되다니. 나는 밤새 잠도 못 자고 고민했다. 가족들과 다 같이 하는 방송에 어떤 설정이 따를

지 뻔했다. 처음 선보이는 나를 중심에 두고 시부모님, 혹은 승현의 딸과 갈등을 만들어내겠지, 그 안에서 승현은 곤란해하겠지. 우리 가족에게 벌어진 일들은 자극적인 제목을 달고 기사가 나겠지. 사람들은 자세한 내막도 모르고 이런저런 말들을 떠들겠지. 그런 것들이 나에게 닥친다고 생각하니 정말로 싫었다. 하지만 난 다음 날 승현에게 방송에 나가겠다고 말했다. 이유는 단 하나, 승현이 실망하는 걸 보고 싶지 않았다. 리얼리티 관찰 프로그램이 유행인 이 시대에 연예인 아내로서 피할 수 없는 일이라고 생각했다.(물론 잘나가는 연예인들에게 해당되지 않는 일이다.)

　방송에 나가기로 결정하고 부담감에 남몰래 울기도 했다. 정말로 하고 싶지 않은 일 중 하나였다. 촬영을 하기 전까지 매일 나를 다독였다. 이왕 하기로 한 일, 제대로 즐기며 하자고. 그리고 나는 승현과 그의 딸, 시부모님, 시동생, 시고모님과 시삼촌 총 8명과 함께 프랑스 파리로 떠나 5일간 촬영했다. 편할 리 없었다. 며느리의 희생에 초점을 맞춘 콘셉트, 거기에 충실하시는 시부모님. 방송 때문인 걸 알면서도 처음으로 시부모님이 미웠다. 겹겹이 쌓인 서러움이 터지고 말았다. 수도원 몽생미셸에 갔을 때 승현과 단둘이 있는 시간, 덜컥 눈물이 난 것이다. 승현은 눈물의 이유를 아는지 모르는지 그저 등을 쓰다듬으며 위로했다.

방송이 총 4회에 걸쳐 나갔다. 사람들의 반응이 인터넷 댓글로 달리기 시작했다. 좋은 댓글들이 많았다. 사람들은 어째서 한 번도 만난 적 없는 나에게 이렇게 좋은 만들을 해 주고 응원해주는 걸까. 따뜻하고 어쩐지 안심이 됐다. 물론 비난의 만들도 있었다. 관심과 간섭 그 사이의 말들. 무턱대고 외모비하를 하는 사람들. '시댁에 잘하세요.', '애 빨리 낳아 효도하세요.' 등 강요의 말들. 무례한 말을 쏟아내는 사람들은 무시하기로 했다. 글이란 건 짧더라도 정성이 들어가는데 안 좋은 마음에 정성을 쏟는 사람들의 말에 상처받아 무엇하리. 그깟 하찮은 말들 때문에 내 소중한 시간을 우울하게 보내고 싶지 않았다.

그 후로 방송에 몇 번 더 나갔으며 꾸준히 유튜브를 찍고 있다. 하다보니 스스로 재미도 있고 보는 사람들이 즐거워하니 보람도 있다. 출연료도 나쁘지 않다. 사우나를 가도 알아보고 길거리에서도 알아보니 행동에 제약이 생기긴 했다. 나란 사람은 이러한 일들이 불편하고 쑥스럽기도 하지만 어쩌겠는가. 연예인과 결혼한 사람의 숙명이라고 생각한다.

임신을 시도하다
이혼을 말했다

———

2022년 봄은 내 인생에 있어 최악의 시기였다.

마흔을 앞두고 마음이 조급해졌더랬다. 자연적으로 아이가 생기면 좋았겠지만, 결혼 3년 차가 되도록 그런 일은 없었다. 매달 작은 증상도 크게 받아들이며 임신테스트기를 해보는 마음, 그리고 곧이어 실망감에 서글퍼지는 마음. 그 마음은 누구에게도 들키고 싶지 않아 승현 앞에서도 티 내지 않았다. 혹시나 그가 버려진 임신테스트기를 볼까 챙겨놨다가 밖에 나가 버리곤 했다. 아이를 갖지 않겠다고 선언하는 후배들을 보며 부럽기도 했다. 어떻게 저렇게 명쾌하게 답을 내리고 살 수 있을까? 나도 확실한 노선을 정하고 싶었다.

　　어느 아침, 그날도 혹시 몰라 임신테스트기를 해보았다. 결과는 한 줄이었고 마음이 쓰렸다. 나는 서재로 조용히 들어와 인공수정과 시험관아기에 대해 검색하기 시작했다. 말만 들어봤지 인공수정은 무엇이고 시험관아기는 무엇인지 전혀 알지 못했다. 인공수정은 과배란을 시켜 난자가 여러 개 나온 상태인 자궁에 채취한 정자를 넣는 방식이었다. 거의 자연임신과 비슷한 건데 수정이 잘되도록 확률을 높여주는 방식이었다. 시험관아기는 여러 개 나온 난자를 채취해 말 그대로 시험관에서 수정까지 시킨 후 자궁에 넣는 방식이었다. 말로 설명은 간단하지만 인공수정이고 시험관아기고 후기를 보고 있자니 덜컥 두려워졌다. 과배란을 위해 매일 내가 내 배에 주사를 놓아야 한다니……. 인공수정에서 안 되면 그다음 단계는 시험관아기인데 시험관은 난자 채취를 위해 수면마취까지 해야 했고 이후 복수가 2~4kg씩 차서 응급실에 가는 상황도 빈번하게 있는 듯했다.

　　그 일련의 과정을 파악하고 거실로 나가 승현에게 인공수정과 시험관아기에 대해 설명했다. 하지만 그에겐 아이가 생기냐, 안 생기냐가 문제일 뿐이지 인공수정이고 시험관아기고 크게 관심 없어 보였다. 두려운 내 마음과는 달리 무덤덤한 그의 표정을 보니 눈물이 차올랐다. 이 힘겨운 과정은 모두 내 몫이 되리라는 걸 짐작할 수 있었다. 나는 결국 눈물을 못 참고 터뜨렸는데 그제야 놀란 승현이 나에게 다가와 안아주며 말했다.

"무서우면 안 해도 돼요. 난 장 작가가 힘든 거 싫어요."

그 나름대로는 이러한 상황에 잘 대처한 말이라 생각했을 거다. 하지만 그것은 오답이었다. 그 과정들이 무섭다고 안 하면 나는 또다시 매달 임신테스트기나 들여다보고 실망하고 할 테지. 정답은 '힘든 결정 해줘서 고맙다.'가 아닐까.

나는 바로 눈물을 닦고 난임병원에 전화를 했다. 생리가 시작되면 2~3일 사이에 병원을 방문해야 한다고 했다. 생리가 시작됐고 바로 병원을 찾았다. 병원만 가면 모든 게 바로 진행될 거라고 생각했는데, 여러 가지 검사를 하고 나서 한 달 뒤에야 인공수정 시술을 할 수 있다고 했다. 나는 할 수 있는 검사는 다 했다. 가장 아팠던 건 나팔관조영술, 배를 갈가리 찢는 듯한 고통이었다.

인공수정 시술을 앞두고 남편도 정자 검사를 해야 했다. 정자 검사는 아무 때나 할 수 있는 게 아니고 몇 가지 관리를 한 후 최상의 컨디션에서 병원을 찾아야 했다. 그러한 것을 승현에게 설명하는데 그의 표정에서 못마땅함이 보였다. 나는 지금 몇 번이나 병원을 오가며 살이 찢기는 고통을 느끼고 있는데, 겨우 정자 채취 한 번에 표정이 저렇다고? 내가 잘못 보고 잘못 생각한 것일 수도 있지만 그의 작은 행동 하나에도 서운해지는 건 어쩔 수 없었다. 그만큼 예민하고 두려운 상태였으니까. 어쨌든 모든 검사 결과 승현의 정자 수가 조금 모자란 것 외에는 우린 임신하는 데 아무 문제가 없었다(인공수정과 시험관아기에는 정자 수가 그리 중요하진 않는 듯했다).

그렇게 한 달이 지나고 또다시 생리가 시작되어 병원을 찾았다. 이때부턴 과배란을 시키는 작업(?)에 들어가는데, 그 작업이란 매일 내 배에 직접 주사를 놓는 것이었다. 병원에서 주사 놓는 교육을 받고 보냉가방에 한가득 주사를 가져왔다. 심란했다. 나는 공포증까진 아니지만 피를 뽑거나 주사를 맞을 때, 또 치과 등에 가면 기구 자체를 아예 보지 않는다. 눈을 질끈 감고 내내 다른 생각을 하며 무서움을 이기는데, 내가 직접 주사기를 들고 내 배에 직각으로 주삿바늘을 내리꽂아야 한다니. 인공수정, 시험관아기 카페에 들어가 보니 직접 주사 놓는 것이 무서워 남편이 놓아준다는 사람도 많았다. 잠시 승현의 얼굴을 떠올렸다. 그리고 고개를 좌우로 저었다. 아무리 부부라도 어느 정도 환상은 가지고 살고 싶은데 아침마다 아내의 도톰한 배를 잡고 주사를 놓아야 한다니. 우리 둘 성격상 서로 불편한 일이었다.

다음 날, 시간에 맞춰 주사를 들었다. 결혼 3년 동안 포동하게 찐 뱃살을 잡고 주삿바늘을 내리꽂았다. 주사를 놓고 5초 있다가 빼라고 했지. 하나, 둘, 셋, 넷, 다섯. 주사는 꽂을 때보다 뺄 때 더 무섭다는 걸 알았다. 하지만 생각보다 할 만했다. 내일은 더 잘할 수 있을 것 같은 느낌에 내심 그 시간이 기다려지기도 했다. 주사에 대한 두려움이 사라지자 기분도 좀 나아졌다.

그렇게 시간이 흘렀고 중간 초음파검사에서 난자 수도 상태도 모두 괜찮다는 결과를 들었다. 이제 인공수정 시술 당일 싱싱하게 잘 관리된 승현의 정자를 채취해 내 몸속에 넣으면 되는 거였다. 그런데 시술 며칠 전, 승현이 몸이 좀 이상하다고 했다. 어떻게 이상하냐고 물으니 열이 나고 코가 맵다 했다. 우리는 이전까지 코로나19에 걸리지 않았더랬다. 지금까지 안 걸린 거면 앞으로도 안 걸릴 거라고 생각했는데…… 승현은 그만 코로나19에 감염되고 만 것이다.

딱 보아도 코로나19 증상인데 승현은 그렇지 않다고 우기기 시작했다. 본인 때문에 모든 것이 헛수고로 돌아가는 게 순간 아찔했을 것이다. 그럴 만도 한 것이 한창 코로나19가 다시 극성을 부릴 때라 혹시 모르니 일적인 것 외엔 돌아다니지 말라는 나의 잔소리가 여러 차례 있었다. 승현은 태생적으로 집에 붙어있지를 못하는 성격이며, 또 본인이 슈퍼면역자라 굳게 믿고있었기에 내 말을 가볍게 건너뛰었다. 아내의 말을 들어 나쁠 거 하나 없다는 걸 알면서도 몸은 따로 노는 청개구리.

내가 자가진단키트 면봉을 들이밀자 승현은 어쩔 수 없이 콧구멍을 내놓았다. 첫 번째 테스트에서는 음성으로 나왔다. 승현은 거보라며 그냥 몸살일 뿐, 내일이면 다 나을 거라고 했다. 하지만 그날 밤 그는 매운 코를 어쩔 줄 몰라 했고 열이 펄펄 끓어 끙끙댔다. 아픈 승현을 간호하며 밤새 생각이 많아졌다. 내 아까운 난자들…… 제발 코로나19가 아니기를. 다음 날 아침 다시 자가진단키트를 해보니 희미하게 양성이 나왔다. 승현은 그 길로 에라 모르겠다, 마음 놓고 뻗은 채 실컷 아팠다. 누굴 탓하랴. 나는 난임병원에 전화를 걸어 상황 설명을 했고 예정되어 있던 인공수정 시술을 취소했다. 헛수고가 된 나의 노력이 안타까웠지만 어쩔 수 없는 일이었다. 그동안 참아왔던 술을 한잔 마시며 해방감을 만끽했다. 지나간 일에 미련 두지 않는 것 또한 좋은 삶을 위한 선택이다. 나는 승현과 같이 먹고 같이 잤다. 언제 걸릴지 모르는 코로나19의 공포. 이참에 걸리는 게 낫다고 판단했기 때문이다. 하지만 난 일주일 내내 증상이 없었고 아침저녁으로 자가진단키트를 했지만 계속 음성이었다. 이 정도면 내가 슈퍼면역자가 아닌가 으쓱했다(하지만 1년 뒤에 제대로 코로나19와 마주했다).

　　승현은 매우 아파했지만 미각은 잃지 않았다. 식탐이 있는 편도 아닌데 매 끼니 먹고 싶은 게 달라졌고, 점심을 먹으며 저녁에 먹고 싶은 걸 이야기했다. 먹을 땐 멀쩡하더니 먹고 나면 침대에 누워 종일 끙끙댔다. 나는 삼시 세끼를 해 바치는 건 물론, 체온계를 수시로 그의 귓구멍에 넣어 체크했고 열을 내리기 위해 약을 먹이고 아이스팩을 수건에 싸 몸에 대주었다. 아마 시어머니도 자기 아들에게 이렇게까지 할 순 없지 않을까. 나는 승현의 병시중을 들며 깨달았다. 아, 이놈의 찐사랑. 나는 왜 너를 사랑하는가. 한창 벚꽃이 만개한 때였다. 격리 마지막 날, 밤 12시가 지나고 승현을 차에 태웠다. 선루프를 열고 여의도를 달렸다. 달콤한 봄 공기, 흐드러진 벚꽃. 이렇게 로맨틱할 수 있는 걸까. 이렇게까지 행복할 수 있는 걸까. 그렇게 우리의 1차 인공수정 시도와 1차 코로나19 감염의 시련은 벚꽃으로 아름답게 마무리되었다.

하지만 경험해보니 결혼이란 항시 굴곡진 그래프와 같았다. 이렇게 행복할 수 있는 걸까 싶다가 순식간에 감정의 밑바닥으로 추락한다. 그것 또한 사랑 때문인 것을 그때는 잘 모르고, 나는 그토록 무거운 단어 이혼을 입에 올리고 만다. 두 번째로 시도하는 인공수정 시술을 무사히 마친 그 어느 날이었다.

이혼은 말처럼
쉽지 않다

———

　　인공수정이나 시험관 임신을 준비하면서 신체적, 감정적으로 아무 변화도 느끼지 못했다는 사람도 있었다. 그럴리가 없어, 거짓말이 아닐까? 지금도 생각한다. 승현의 코로나19 감염 사건으로 한 번의 인공수정이 미뤄지고 그다음 달나는 다시 난자 수를 늘리기 위해 과배란 주사를 맞았다. 중간 검사에서 다행히 난자 수도 크기도 내막 두께도 괜찮다는 말을 들었다. 인공수정 시술 날 남편하고 같이 와서 정자채취를 하고 잠시 기다렸다가 선별된 정자를 자궁 안에 주입하면 된다는 이야기를 들었다. 집으로 돌아오는 길, 정자 채취

후 대기하는 1~2시간(약품 처리 후 건강한 정자만 선별하는 데 걸리는 시간) 동안 승현과 무얼 할지 고민했다. 아침을 먹을까, 혈액순환을 위해 걷는 게 좋다 하니 근처 산책을 할까, 카페에 가서 수다를 떨까…… . 집으로 돌아와 승현에게 인공수정 시술 날짜를 전했다. 승현은 핸드폰 일정표를 보더니 말했다.

"그날 스케줄이 있는데?"

맙소사! 그래도 스케줄이 있건 말건 이건 진행해야 하는 일이다. 인공수정 시술이란 내 맘대로 미룰 수 있는 일이 아니다. 배란에 맞춰 시술하기 때문에 타이밍이 중요하다. 놀란 가슴으로 병원에 전화를 걸어 상황을 설명했다. 방법이 아주 없는 건 아니었다. 남편이 아침 일찍 정자 채취를 하고 두 시간 뒤 내가 방문해 시술하면 된다고 했다. 또다시 내 난자들을 허투루 잃지 않아도 된다니 다행이었다. 기쁜 마음으로 승현에게 말하니 싱겁게 고개를 끄덕였다. 놀란 건 나뿐이었나. 그렇게 시술 날이 다가왔다. 승현은 아침 일찍 나갔고 나도 그 무렵 일어나 나갈 채비를 했다. 과배란 주사를 2주 정도 맞으니 몸이 잔뜩 붓고 배가 딴딴하게 부풀어 올랐다. 불편한 몸을 하고 있으니 기분이 상쾌할 리 없었다. 거

울을 보며 혼자 읊조렸다.

"괜찮아, 정윤아. 과정일 뿐이야."

인공수정 시술은 정말 간단히 끝났다. 하지만 몸이 힘든 것보다 더 힘든 건 결과가 나올 때까지 기다리는 시간이었다. 일상생활이 가능하다고는 했지만, 조심스러울 수밖에 없었다. 화장실에 가서 볼일을 보는 것도 두려웠다. 꼭 모든 게 쏟아질 것만 같았다. 움직이는 건 얼마나 움직여도 될까, 먹으면 안 되는 무엇이 있을까, 행동 하나도 자유롭지 못했다.

임신에 도움되는 정보를 찾기 위해 난임 카페에 가입했다. 처음 들어가보는 세상. 난임의 이유는 다양했다. 남편들의 문제도 많았지만 아이를 바라는 예비 엄마들은 모든 걸 자신의 탓으로 돌리고 있었다. 영양제를 잘 챙겨먹었더라면, 평소에 운동을 열심히 했더라면, 좀 더 일찍 아이를 가졌더라면……. 그 글들을 보고 있는데 별안간 눈물이 쏟아지기 시작했다. 아이를 바라는 간절한 마음에 따르는 후회들과 책임감이 무겁게 다가왔다.

뒤돌아보면 당시 난 우울증 상태였다. 어디가 고장 난 게 아닌가 싶게 매일 수시로 울었다. 아무 일도 일어나지 않았는데도 슬펐다. 승현이 같이 있을 때는 그나마 나았는데 승현이 스케줄을 나갔을 땐 울고 또 울었다. 이러지 말아야지 싶어 평소 잘 보지 않는 예능 프로그램들을 몰아 보았다. 모든 것이 애처로워 보여 또 울었다. 호르몬 주사와 약을 먹었기 때문에 그 탓을 할 수밖에 없었지만, 실제로 호르몬제가 우울함과 슬픔을 가져다주는지는 모르겠다. 절실했고 답답했고 혹독하게 외로웠다.

승현은 이런 날 안타깝게 생각했을지도 모른다. 사람들도 만나고 운동도 하고 평소대로 살면 되는데 침대에 누워 꼼짝도 하지 않고 눈물만 흘리고 있는 나를 보며 그 나름대로 답답했을 것이다. 승현은 그런 나를 걱정하며 데이트를 하러 나가자고 했지만 난 그럴 때마다 화가 났다. 혹시 괜히 나갔다가 될 것도 안 되면 어쩐단 말인가. 조심하는 건 나뿐이지, 도대체 생각이 있는 건가? 난 이 과정을 두 번 다신 겪고 싶지 않았기에 필사적이었고 그 마음을 몰라주는 그가 미웠다. 그때 난 승현에게 무엇을 바라고 있었던 걸까. 종일 누워 같이 눈물이라도 흘려주길 바랐던 걸까.

그 무렵 승현은 연극 준비로 한창 바쁠 때였다. 연극 연습이 끝나고 배우들과 한잔씩 하고 오는 일이 잦았다. 나는 매일 침대에 누워 승현을 하염없이 기다리며 매번 버림받은 기분에 휩싸였고 그 감정으로부터 벗어날 수 없었다. 그러던 어느 날, 그는 연극팀과 MT를 가야 한다고 말했다. 이전에도 그런 일이 있었고 그때는 흔쾌히 보내주었지만 지금은 상황이 다르지 않은가. 빠질 핑계야 수십 개도 댈 수 있는데 그는 본인이 꼭 가야 한다고 했다. 술을 한잔 마시고 오는 것도 MT를 가는 것도 연극 팀워크를 위해선 꼭 필요한 것이라 했다. 내가 모르는 연극의 세계가 있다고 말했다.

'그럼…… 지금 당신이 몰라주는 나의 세계는?'

단지 우울한 나에게서 벗어나고 싶은 건 아닐까. 좋을 때나 좋지, 상황이 나쁠 땐 벗어나려는 인간. 물론 승현이 살아온 인생을 보면 그는 그런 사람은 아니다. 다만 그때의 나는 나만의 생각에서 헤어나올 수 없는 상태로 어려움을 겪고 있었다. 우린 결국 합의점을 찾지 못했고 승현은 연극팀 MT를 떠났다. 그가 떠났다는 사실을 확인하고 나는 시댁으로 향했다.

승현으로 인해 속상한 마음이 들 땐 하소연할 곳이 필요했다. 내 대나무숲은 항상 시어머니였다. 시어머니만이 승현의 흉을 흉으로 받아들이지 않기 때문이다. 시어머니는 아들을 흉보는 며느리 대처법을 알고 계셨다.

"어머, 그거 미친놈 아니니? 내가 그걸 낳고도 미역국을 먹었구나."

"어머니…… 그렇게까지……."

"정윤아, 너는 나처럼 살지 마라. 초장에 확 잡아야 돼. 다 뒤집어버려."

"어머니…… 그렇게까지……."

내 남편을 나 말고 욕해도 되는 사람이 있다면 그건 단 한 사람, 시어머니뿐이다. 나보다 더 크게 화를 내주는 시어머니를 보면 이상하게 금세 마음이 누그러들곤 했다. 속이 시원한 대신 뒤이어 시어머니의 하소연을 듣긴 해야 했다. 지나간 세월, 시아버지가 한 잘못들을 들으며 생각했다.

'어머님은 아무 데도 얘기할 곳이 없었구나. 그러니 지금까지 이토록 한이 맺혀있지.'

그 시절은 참는 게 아내의 미덕이었을 것이다. 그 시절의 남편들은 사과하는 법도 잘 몰랐을 것이고. 그로 인해 참 기만 한 마음은 그렇게 곪아 아무리 고름을 짜내도 쉽게 나아지지 않는 것이다. 친정 부모님도 없이 그 시절을 견뎌낸 어린 나이의 시어머니를 생각하면 마음이 짠했다. 게다가 딸도 없이 아들만 둘인 시어머니는 그 힘든 마음을 어디에 기대며 사셨을까. 한 시간 정도 나 반, 시어머니 반 각자 남편을 욕하고 끊을 때쯤 시어머니는 항상 이렇게 말씀하셨다.

"정윤아, 그래도 너는 승현이 사랑해서 결혼했잖아."

시어머니의 그 말은 꼭 이렇게 들렸다. 너의 사랑에 대해선 네가 책임져야 하는 거라고. 그렇게 전화를 끊고 나면 어느새 화는 누그러져 있고 내가 사랑하는 승현의 모습들이 하나둘 떠올랐다. 매사 다정하고 뭐든 다 맞춰주려고 노력하는 나의 남편인데……. 우린 어쩌다 이렇게 된 걸까.

시댁에 도착하자 시어머니는 나를 식탁에 앉혀놓고 밥부터 먹이셨다. 난 한 번 찐 살이 도통 빠지지 않는 편인데 당시에는 3kg이나 빠져있었다. 시어머니의 밥은 따뜻하고 맛있었다. 눈물을 흘리며 하소연하면서도 밥은 다 먹었다.

밥을 다 먹자 시어머니는 과일까지 내오시며 내 이야기를 찬찬히 다 들어주셨다. 중간중간 '이 미친놈!' 추임새도 빼놓지 않으셨다. 시어머니에게 그렇게 다 털어놓으니 덜어낸 말만큼 감정도 가벼워졌다. 모든 게 별일 아닌 것처럼 느껴졌다. 뭔가 머쓱해졌을 때 시아버지가 일을 마치고 들어오셨다.

"승현이 어디야! 당장 오라 그래! 정윤아, 걱정하지 마라. 내가 아주 혼구녕을 내줄 테니까."

내가 온 이유를 시어머니에게 대충 들은 시아버지는 노발대발하셨다.

"아버님…… 그렇게까지……."

나는 시아버지의 화를 잠재우기 위해 승현을 변론해야 했다.

"연극은 팀워크가 중요하니까요. 그리고 그 팀 연출이 보통이 아닌가 봐요. 그러니까 어쩔 수 없이 갔겠죠."

어라? 나 왜…… 화가 났었지? 호르몬 탓을 할 수밖에 없었다. 시어머니는 안방까지 내주시며 자고 가라고 하셨다. 그날 밤, 시어머니의 체취가 묻은 낯선 침대에 누워 나는 달게도 잤다. 그리고 다음 날, 생리가 시작됐다. 첫 번째 인공수정은 실패였다. 시어머니에게 이야기하자 다음엔 잘될 거라 위로해주셨다. 점심쯤, 어쩐 일인지 시동생까지 김포 집으로 왔다. 나는 시아버지, 시어머니, 시동생과 함께 아귀찜을 먹으러 갔다. 임신이 안 됐으니 술을 한잔하고 싶다고 말했다. 시아버지가 소주 한 병을 시켜주셨다. 나는 홀짝홀짝 술을 마시며 내 편을 들어주시는 시아버지, 시어머니, 시동생이 있어 참 좋다는 생각을 했다. 하지만 나는 안다. 시부모님은 승현과 나를 두고 봤을 땐 내 편이 아니라는 걸. 아들이 잘 살았으면 하는 마음에 그저 철없이 넋두리하는 날 달래주신 거란 걸.

　　이후로도 인공수정의 과정을 겪는 동안 승현에게 느꼈던 서운함은 쉽게 지워지지 않았다. 승현의 마음을 지금도 잘 알 순 없지만 그 또한 매사 뾰족하게 굴던 나에게 답답함을 느꼈을지도 모른다. 우리는 어렵게 화해했지만 그 부분에 대해 부딪히고 또 부딪혔다. 승현은 내가 말하는 본인의 잘못에 대해 인정하기 힘들어했고 나는 그런 그가 답답하게 느껴졌다. 어쩌면 나만 힘들었던 이 일에 대해 억울함을 느꼈던 건지도 모른다. 아니면 권태기였을까. 합의점을 찾을 수 없는 평행선을 걷는 기분이었다.

어느 날 밤, 우리는 또 소리 내어 싸웠고 견디지 못한 나는 잠옷을 입은 채 무작정 집 밖으로 나왔다. 이전에 몇 번 비슷한 퍼포먼스가 있을 때마다 승현은 날 못 나가게 잡았지만, 이번만큼은 그대로 나가게 두었다. 차에 시동을 걸고 어디로 갈까 생각했지만 늦은 시간에 마땅히 갈 곳이 없었다. 무작정 길이 나 있는 곳으로 달렸다. 40분 정도 달리니 사방이 논과 밭인 곳이었다. 김포와 강화도 어디쯤인 것 같았다. 아무도 없는 깜깜한 곳을 혼자 달리고 있자니 서러움이 밀려왔다. '왜 자꾸 나를 혼자 두는 거야. 이럴 거면 뭐 하러 결혼을 했어.' 그리고 생각했다. 앞으로 또 이런 감정을 두 번 세 번 마주할 용기가 나에게는 없다는 것을. 이렇게 지지고 볶고 살려고 그와 결혼한 것이 아니라는 것을. 많은 걸 감당하기로 결심하고 결혼한 나에게 그는 이렇게까지 하면 안 되는 거라고.

나는 친정집으로 차를 돌렸다. 아마도 새벽 한 시 혹은 두 시쯤 되었던 것 같다. 불 꺼진 친정집에 들어서자 참았던 눈물이 터졌다. 현관에서 엄마, 아빠를 외치며 오열했다. 각자의 방에서 자고 있던 엄마와 아빠가 놀라서 뛰어나와 나를 안았다. 무슨 큰일이 벌어진 줄 알았던 것이다. 내 얘기를 듣던 아빠는 와인 한 병을 꺼내왔고 우린 새벽까지 이야기했다. 엄마와 아빠는 깊이 고민하는 듯했다. 며칠 친정집에 있는 동안 승현과 나는 문자로 계속 다투었다. 그러다 결국 이혼이란 말까지 하게 돼버렸다. 결혼 전, 이혼은 어떠한 사건이 있어야만 하는 것인 줄 알았다. 하지만 꼭 그렇진 않다는 걸 알게 되었다. 감정의 벽이 쌓이는 건 순식간이었고 그 벽을 허무는 것에는 서로의 무수한 이해와 양보와 노력이 필요한 것이었다. 결국 누구도 뒤로 물러서지 않으면 벽은 허물 수 없다. 오해로 한 칸, 서운함으로 한 칸, 미움으로 한 칸……. 벽은 더 높이 쌓여만 가다 결국 서로의 모습도 들여다보지 못하게 된다. 애초에 그 문제는 사소한 것이지만 중요한 것일 확률이 높다. 소통, 공감, 이해. 그것의 가장 기본은 대화다. 흥분하며 말하는 나와 입을 다물어버리는 승현. 우리의 대화가 잘되었을 리 없다. 서로를 생각하는 마음과는 다르게 그렇게 오해만 쌓였던 그날들.

　　승현은 나에게 먼저 손을 내밀었다. 왜 그곳을 선택했

는지 모르겠지만 우린 전기구이통닭집에 앉아 다시 한 번 대화를 시도했다. 서로의 의견을 좁힐 수 없었기에 당분간 아이를 갖는 노력은 하지 않기로 했다. 나와 떨어져 지내는 사이 아빠가 승현을 불러냈다고 했다. 승현은 크게 혼날 것을 각오하고 잔뜩 긴장한 상태로 아빠가 부른 장소로 나갔다고 한다. 아빠는 한우를 사주며 많이 먹으라는 말만 반복했다고 했다. 승현은 한우가 입으로 넘어가는지 코로 넘어가는지도 모르게 아주 불편하게 식사를 마쳤다고 한다. 그때까지도 아빠는 아무 말도 하지 않았고 승현은 너무 죄송해 눈물이 날 지경이었다고 한다. 결국 승현이 침묵을 깨고 죄송하다고 말했다 한다.

"잘 부탁한다."

아빠는 그 말을 전하며 승현의 등을 다독이셨다 한다. 그 말을 듣고 많이 후회했다. 나에게 주어진 감정의 몫을 친정 부모님께 나누며 걱정을 끼친 일에 대해서.

혼자 견뎌야 하는 마음이 있다. 나는 그 후로 매일 나를 다독이고 다독였다. 엄마가 되는 몫에 대해, 내가 홀로

감당해내야 하는 것들에 대해. 의학의 힘을 빌려 아이를 갖는 건 누가 봐도 여자만 힘든 일이 맞다. 혼자서도 잘 버티는 것, 좋은 엄마가 되라고 쉽게 찾아오지 않는 아이가 미리 주는 선물이라 생각한다.

결혼 3년 차 떠난
신혼여행

　우린 이혼 위기를 딛고 그간의 감정을 털기 위해 여행을 가기로 했다. 결혼 후 바로 터진 코로나19로 막혀있던 하늘길이 막 풀리기 시작할 때였다. 우리의 목적지는 오빠가 주재원으로 가있는 독일 프랑크푸르트와 그곳에서 차로 여섯 시간 떨어진 프랑스 파리였다. 국내에서도 어디 놀러갈 땐 내 뒤만 쫓아다니는 그와의 유럽여행이라니. 내가 앞장서서 다녀야 한다는 게 조금은 두려웠지만 가이드해줄 오빠를 믿고 떠나기로 했다.

　하지만 막상 여행이 구체화되니 그는 주춤했다. 왜냐

고 물으니 갑자기 스케줄이 들어올까 걱정이 된다 했다. 한 번의 기회를 놓치면 여러 번의 기회를 날릴 수 있는 연예인이란 직업. 또 그의 마음에 걸리는 건 해외여행 한 번 제대로 다녀온 적 없는 부모님, 동생, 딸 생각인 듯했다. 장남의 어깨는 해결책도 없는 채로 늘 무거운 듯했다. 그래도 그건 그의 사정일 뿐 나는 가야 했다. 유럽은 꼭 가보고 싶은 여행지였고 아이가 생긴다면 단둘이 가는 해외여행은 이제 영원히 없겠지 싶었다. 나는 들떠 있었으나 그는 시종일관 미지근한 태도로 날 서운하게 했다. 비행기 표를 예약하는 날도 그랬다.

"비행기 표 예약한다?"

그는 그냥 가만히 고개를 끄덕였다. 이전의 미지근한 태도들에 이어 그 모습은 어쩔 수 없이 가겠다는 의미로 해석되었다.

"가기 싫으면 얘기해. 나 혼자 다녀오게."

나의 이런 극단적 말투는 항상 그를 화나게 한다. 고쳐야 하는데 잘되지 않는 부분이다.

내가 또 노력해도 잘 안 되는 건 꼼꼼함이다. 꼭 구멍이 생긴다. 한번은 여수 가는 비행기를 예약했는데 내 이름을 '장정윤'이 아닌 '장덩윤'으로 예약한 것이다. 그 사실을 공항 가는 길에 알았다. 다급하게 항공사에 전화를 걸었다. 이름 한 자 틀린 거 그냥 비벼보면 되지 않을까 싶었는데 항공사에선 수수료를 내고 환불을 한 뒤 다시 예약을 해야 한다 했다. 난 그때 예약 후 한 번도 다시 확인해보지 않은 내가 안타까웠다. 어째서 이토록 매사 꼼꼼하지 못한 것일까. 그 사건은 약간의 트라우마로 남았다. 여수 가는 항공권이야 그리 비싸지 않기에 큰 문제가 되지 않았지만, 유럽행 항공권은 스케일이 달라 예약을 앞두고 신경이 곤두섰다. 이메일 주소를 제외한 정보들을 다 입력하고 여권과 비교하며 몇 번이고 확인했다. 그러는 과정에 내 둔탁한 손가락이 뒤로 가기를 눌렀고 모든 게 리셋되었다. 미치고 팔짝 뛸 노릇이었다. 난 잠시 머리를 쥐어뜯다가 나 자신을 탓하지 말자며 마음을 다잡았다. 숨을 고르고 다시 정보들을 입력했다. 이메일 주소만 채워넣으면 되었다. 그의 정보란에 내 이메일을 적어도 될 거라 생각은 했지만 난 항공권 예약에 트라우마가 있는 자가 아니던가. 혹시 모를 상황에 대비해 그에게 이메일 주소를 불러달라고 했다.

"이메일 주소 뭐야? 불러줘."

그런데 그는 대답하지 않았다. 나는 그를 쳐다보았다. 종이에 뭘 끄적거리고 있는 그가 보였다.

"이메일 주소 불러달라니까?"

"……."

"내 말 안 들려? 왜 말을 안 해!"

그는 끄적거리던 종이를 가져오더니 나에게 주었다. 종이엔 이메일 주소가 적혀있었다. 난 잠깐 뻘쭘해졌다가 슬슬 화가 나기 시작했다.

"이메일 주소를 적고 있었으면 '잠깐만, 적어서 줄게.' 말하면 되잖아. 그 한마디가 그렇게 어려워?"

"적고 있는 거 봤잖아. 그럼 적어서 주나보다 그렇게 생각하면 안 돼?"

이런 일로 싸운 게 한두 번이 아니었다. '만두 사건'을 예로 들자면 어느 날 점심, 우린 뭘 먹을까 고민하고 있었다. 난 얼마 전 사다둔 냉동고 속 만두가 생각나 그에게 만두를 쪄먹는 게 어떠냐고 물어보았다. 그는 대답하지 않았다. 그의 대답은 번번이 늦거나 없었다. 생각하는 중인 것이다. 그런데 생각이 길어질 거 같으면 '잠깐만, 생각 좀 해볼게.'라는 말을 해주는 것이 예의 아닌가. 나는 그의 대답이 돌아오지 않을 때마다 내 말이 씹혔다는 기분이 들었기에 한 번만 더 그러면 따끔하게 말하기로 결심하고 타이밍을 보던 참이었다. 좀 더 무거운 주제였으면 좋았겠지만 하필 만두에서 그 마음이 터졌다.

"왜 말을 안 해? 만두가 먹기 싫으면 싫다고 하던가, 생각해보겠다고 하던가! 나 벽이랑 살아?"

그러곤 방에 들어가 누워버렸다. 그는 소파에 앉아 가만히 있는 거 같더니 결국 화가 났는지 방으로 따라 들어왔다.

"말을 안 하고 있으면 만두 먹기 싫은가보다, 다른 메뉴를 고민하고 있나보다, 그렇게 생각하면 안 돼? 이 정도 살았으면 사람 성격 알 거 아냐?"

"당신만 성격 있어? 왜 항상 나만 배려해야 해? 내 성격 알면 '잠깐만' 한마디만 하면 되는 거잖아? 왜 번번이 말 씹히는 기분이 들게 하냐고!"

우리는 한참 싸우다가 앞으로 조심하기로 했고 서로 사과했다. 얼마 뒤, 〈오은영 리포트 결혼지옥〉에 그가 게스트로 출연하게 되었고 오은영 박사님에게 상담할 수 있는 기회가 생겨 우리의 만두 사건을 이야기했다. 오은영 박사님은 그가 멀티플레이가 안 되는 사람이라 그런 것이라며, 앞으론 그가 대답하지 않으면 뺨을 어루만지거나 팔을 살짝 잡으라고 했다.

'만두 사건'에 이은 '이메일 주소 사건'이 될 수도 있었지만 우린 싸우지 않았다. 여행을 앞두고 괜한 일에 감정 소모를 하고 싶진 않았다. 항공권 예약을 겨우 마치고도 난 불안함에 일주일 동안 잘못 적은 정보가 없는지 매일 확인했다. 트라우마가 낳은 노이로제였다.

우리는 파리에 2박 3일, 독일에 2박 3일 정도를 머물 계획이었다. 짐 싸기에 돌입했다. 나는 잔뜩 멋을 부릴 생각으로 트렁크에 옷과 가방을 넣기 시작했다. 물론 치밀한 성격은 아니기에 아래위 맞추지도 않고 일단 되는대로 집어넣었다. 그는 그런 나를 재밌게 보고 있다가 배낭 하나를 들고 나왔다.

"난 여기에 짐 싸면 돼!"

"거기에 다 들어가겠어?"

"응! 나 바지 하나 흰 티 하나만 가지고 갈 거야."

순간 속에서 욱하는 것이 올라왔지만 꾹 삼켰다. 우리가 대학생처럼 배낭여행을 떠나는 것도 아닌데 굳이 그렇게 짠내 나게 다닐 필요가 있을까 생각이 들었다. 하지만 아무 말도 하지 않았다. 그는 정말로 입고간 옷 포함 바지 두 벌과 티 두 벌로 일주일 여행을 마쳤다. 사실상 그렇게만 입고 다녀도 짠내는커녕 멋있기만 했기에 욱했던 내 스스로가 좀 민망했고 요즘 말을 빌리자면 킹받았다.

인생은 예상치 못한
맛에 살지

———

　드디어 유럽행 비행기를 탔다. 독일 프랑크푸르트 공항에서 우리를 반긴 사람은 나의 오빠였다. 사실 오빠는 우리에게 파리는 너희 둘이 다녀오는 게 어떻겠냐고 제안했다. 그래도 신혼여행이니 둘이서 낭만을 즐기라는 의미였다. 나는 순간 마음이 복잡해졌다. 우리 부부는 사실 영어도 잘 못할 뿐 아니라 디지털 문외한이다. 나는 컴퓨터나 핸드폰으로 뭘 하려고 하면 머리부터 아프기 때문에, 은행이며 세무서며 직접 찾아가는 게 편하다. 그런데 나보다 더한 사람을 남편으로 맞이했으니……. 그는 인터넷쇼핑도, 스마트뱅킹도 할 줄 몰랐다. 파리의 숙소와 식당을 예약하는 데 어려움을 겪을 게 뻔했다. 또 나는 운전할 때 내비게이션을 잘못 봐 한 시간 걸릴 거리를 2시간 걸려 가는 스타일인 데다, 그는 길치는 아니지만 방향을 자주 헷갈려 엉뚱한 데로 나를 끌고가곤 했다. 어쩜 이렇게 비슷한 유형 둘이 만났을까. 둘이만 간다면 고생할 것이 뻔했다. 젊을 때 고생은 사서도 한다는 말이 있지만 둘의 평균 나이 40.5세는 그리 젊다고 볼 수도 없지 않은가. 무엇보다 우리가 파리를 헤매고 있는 모습이 머릿속에 그려졌는데 그나마 핸드폰을 다룰 줄 아는 나 혼자 길을 찾고자 끙끙거리고 있을 게 눈에 훤했다. 정말 상상만으로도 화가 나기에 오빠에게 예상되는 바를 모두 솔직히 얘기했다. 그러니 제발 동행해달라고. 오빠와 대화를 끝내고 그에게 방금 전 대화 내용을 전달하자 그는 소스라치게 놀랐다.

"파리를 우리 둘이 다녀오라고 했다고? 그래서 뭐라고 했어?"

"제발 같이 가달라고 읍소했지."

"그러니까?"

"받아들여줬어."

"휴…… 진짜 다행이다."

아마도 그의 머릿속엔 파리를 헤매는 우리와 핸드폰을 들고 혼자 끙끙거리는 나와 그리고 내가 화낼까봐 다룰 줄도 모르는 핸드폰을 만지작거리며 조마조마해하는 본인의 모습이 그려졌겠지. 우린 3년 가까운 결혼생활 동안 그러한 순간들을 여러 번 겪어왔기에 정말 피할 수 있다면 피하고 싶었다. 잘하는 사람이 하면 되는 일인데 잘하는 사람이 없다는 게 문제였다.

우린 오빠네 집에서 하루 머물고 오빠, 새언니, 조카와 함께 파리로 떠났다. 처음 가본 파리는 낭만 그 자체였다. 마치 핑크빛 필터가 씌운 느낌이랄까. 그저 거리를 걷는 것만으로도 기분이 좋았다. 고풍스러우면서도 세련된 곳, 이곳에 살고 싶다는 생각이 스치면서 하느님께 기도했다. 다시 태어난다면 파리지앵으로 태어나게 해달라고. 그리고 잠깐 고민했다. 다음 생을 논하는 거라면 부처님께 빌어야 하나(나는 천주교인이다)?

파리에 도착하자마자 새언니가 물었다.

"두 사람 하루에 한 번은 꼭 한식 먹어야 하는 스타일이에요?"

무슨 저런 촌스러운 질문을 다 하나 싶었다.

"아뇨! 우리는 최대한 현지식이 좋아요. 한식 안 먹어도 괜찮아요!"

오빠와 새언니는 '글쎄, 과연?'이라는 의미의 표정을 지었고 우린 더 당당하게 말했다.

"우리는 하루 세끼 파스타, 피자, 햄버거를 먹기도 해요. 한식은 한국에서도 별로 안 먹는걸요?"

이건 결코 거짓말이 아니었다. 나는 한식파지만 그는 철저한 양식파였다. 파스타를 먹고 디저트로 햄버거를 먹는 식이었다. 한때 그는 햄버거에 빠져 햄버거를 먹고 나오면서 또 다른 집의 햄버거를 먹을 생각을 하기도 했다. 사실 이놈의 햄버거 때문에 나는 꽤 속이 탔었다. 그는 한 번 꽂히면 똥고집을 부려가면서까지 상대를 관철시키는 스타일인데, 그 때문에 나도 내내 햄버거를 먹어야 했고 속이 느글거려 스트레스를 받았다. 그의 햄버거 사랑은 내가 진심으로 먹고 싶지 않다고 감정에 호소하고 나서야 끝이 났다. 사실 끝이라고 하기엔 아직도 자주 먹는 편이기에 자제하고 있다고 말하는 편이 맞겠다. 어쨌든 우리가 삼시 세끼 양식만 먹어도 된다고 말한 건 아주 거짓말은 아니었다는 말이다.

우린 첫날 점심으로 파리의 유명한 식당에서 식사를 했다. 오리고기 스테이크, 달팽이 요리, 파스타 등등 와인을 곁들이며 정말 만족스러운 식사를 했다. 그리고 그날 거의 이만 보 이상을 걸으며 파리를 구경했다. 센강을 따라 걸으며 퐁네프 다리, 샹젤리제 거리와 개선문 등을 보았다. 영화에서 드라마에서 보았던 그곳은 화면보다 훨씬 더 로맨틱했다. 우리는 사진 찍기에 바빴고 시간이 그렇게 흐른 줄도 몰랐다. 여름 무렵 파리는 한국보다 해가 늦게 진다. 어두컴컴해져서야 시간이 많이 흘렀음을 알았다. 에펠탑까지 보려고 했으나, 그사이 우리의 체력은 바닥났고 일단 숙소 근처로 가서 저녁식사를 하기로 했다.

우리는 무엇을 먹을까 고민했다. 오빠가 몇 가지 파리의 유명한 메뉴들을 제안했지만 귀에 들어오지도 않았다. 기억은 잘 안 나지만 오빠, 새언니, 승현, 나 중 한 명이 얼큰한 찌개란 말을 입 밖으로 꺼냈다. 다들 입맛을 다시며 눈이 초롱해졌다. 그때부터 우린 한식당을 찾기 시작했다. 조카의 입이 댓 발 나왔다. 그날은 조카의 생일날이었고 근사한 식당에서 생일 파티를 하고 싶었던 모양이다. 하지만 우린 한식이 고팠기에 조카를 잘 달래 한식당에 도착했다. 우리는 급하게 부대찌개와 소주를 시켰다. 그리고 라면사리 하나를 넣었다가 모자랄 거 같아 하나를 더 시켰다. 얼큰하고 달짝지근한 파리의 부대찌개. 그리고 짜르르한 소주 한잔! 속은 물론 머리까지 개운해졌다. 살 거 같았다. 조카는 한식당에 도착해서도 기분이 안 좋았는지 자기는 먹지 않겠다고 했지만 결국 밥 한 공기를 부대찌개에 말아 싹싹 다 먹어치웠다. 그러고는 조금 부끄러워했고 그사이 기분은 풀려있었다.

새언니가 웃으며 말했다.

"한식 안 먹어도 된다면서요."

"파리는 다 좋은데 공기가 좀 느끼하네요!"

우린 남은 부대찌개에 밥까지 말아 싹싹 먹어치웠다. 우리가 갔던 곳은 한식당이긴 했지만 외국인 직원이 대부분이었는데 우리의 먹는 양과 방법에 좀 놀라는 눈치였다. 이런 거 처음 봐? 이게 바로 코리안 스타일이라고. 이틀간의 파리 여행을 마치고 다시 독일로 돌아가는 길에 우리는 입을 모아 얘기했다. 파리에서 제일 맛있었던 건 부대찌개라고. 승현과 나는 한국에 와서도 부대찌개 간판이 보이면 이구동성 외치고있다. 부대찌개는 파리지!!

우리의 이혼할 뻔한 사건 말고도 승현은 유럽으로 떠나기 전 일적으로 힘든 일이 있었다. 옆에서 지켜보던 나도 많이 안타깝고 속상한 일이었다.

"이렇게 여행 오니 한국에서 있었던 일은 아무것도 아닌 것처럼 느껴져. 벗어나게 해줘서 고마워, 장 작가."

인생은 종종 생각했던 대로 흘러가지 않는다. 파리까지 와서 부대찌개를 먹을 줄 누가 알았겠는가! 하지만 그래서 사는 게 재밌다. 우리는 앞으로도 예상하지 못한 다양한 일을 겪으며 살게 될 것이다. 때론 견딜 만하고 때론 많이 아프겠지. 그래도 목적지로 향하는 길 내내 사랑하는 사람들과 함께라면 두려울 것 없다. 그러니까 씩씩하게 어떤 길이든 가보는 걸로.

미워하다가도
사랑한다

얼마 전, MBC 〈나혼자 산다〉에 기안84가 사는 모습이 나왔다. 재밌게 보고 있는데 옆에 있던 승현이 질색팔색을 하는 것이다. 기안84의 다소 지저분함과 엉뚱함이 이해가 가지 않는다면서. 나는 순간 머리가 멍했다. 승현이 옥탑방 살던 시절의 모습이 떠올랐기 때문이다. 너무 많아 주체가 안 되는 신발을 전자레인지 위에 올려놓고 주방 곳곳에 찌든 때가 껴있고 모든 조리는 가위로 하던 사람. 그 모든 증거가 KBS 〈살림남〉에 고스란히 남아 있다.

"살림남 틀까? 개구리 올챙이 적 생각 못 하네?"

승현은 그제야 찡그렸던 인상을 펴고 머쓱하게 웃었다. 막 결혼했을 때 그가 하는 행동들은 내 입장에선 늑대소년과 다름없었다. 먹다 남은 음식을 랩에 싸지도 않고 그대로 냉장고에 넣어두거나, 먹고 남은 짜장면 양념을 냉장고에 넣기도 했다. 나는 이런 음식들을 다음 날 가차 없이 버렸는데 승현은 한 달 뒤에 그 음식들을 찾았다. 버렸다고 말하면 아쉬워하며 말했다.

"아…… 밥 비벼 먹으려고 했는데!"

냉장고를 상당히 신뢰하는 편이다. 식사를 하다 바닥이나 식탁에 떨어진 음식을 아무렇지도 않게 주워먹었다. 설거지를 하고 나면 싱크대에 거품과 물기를 정리해야 하는데 정말로 딱 그릇만 헹궜다. 또 건조대에 그릇을 엎어놔야 하는데 모두 위를 향하게 놓았다. 그리고 건조대에 쌓인 그릇들을 정리하지 않고 계속해서 그 위로 아슬아슬하게 쌓았다. 삶은 달걀을 만들겠다며 달걀을 전자레인지에 넣어 폭발시키기도 했다. 양말 두 짝은 꼭 돌돌 말아 세탁기에 넣었다. 두 개가 짝을 잃어버리면 안 되기 때문이라고 했다. 그 양말

을 풀 때마다 내 속은 계속 꼬였다. 그는 세탁기를 돌릴 때
도 흰 옷, 검은 옷, 속옷, 수건을 한 번에 돌렸다. 분리수거를
계속해서 헷갈려해 내다버릴 때 내가 다시 정리해야 했다.
청소기는 돌렸지만 화장실 청소는 지금까지 단 한 번도 한
적 없다. 잔소리를 하면 집안일에서 손을 놓을까봐 하는 대
로 두고 없을 때 내가 다시 했다. 그런데 밖에만 나가면 사
람들에게 집안일은 끝이 없네, 티가 안 나네 하며 생색을 냈
다. 사실 나는 그때 시어머니가 미웠다. 어째서 기본적인 집
안일을 하나도 가르치지 않으셨을까. 아들을 너무 귀하게 키
우셨다. 그 귀한 아들을 나에게 넘기시고 때때로 전화해서
승현의 안부를 물으셨다.

"승현이 밥은?"

한번은 승현이 어머님과 촬영이 있는 날, 아침밥으로
김밥을 해주었다. 그런데 맛있다고 허겁지겁 먹더니 체한 모
양이었다. 어머님에게 전화가 왔다.

"승현이가 체한 모양이더라. 아침에 뭐 먹었니?"

"김밥 먹었어요."

"국은?"

"국은 안 줬는데요."

"국을 줬어야지!"

그렇구나, 하고 전화를 끊었는데 생각할수록 화가 났다. 승현은 마흔이 넘은 성인이다. 내가 그 사람 체하는 것까지 신경 써줘야 한다는 말인가? 아드님 도로 데려가시라고 말하고 싶었다.

한번은 싸우고 집을 나와 거리를 배회하고 있는데 시어머니에게 전화가 왔다.

"지금 싸워서 밖에 나와 있어요."

"그럼 승현이는 어딨어?"

"집에 있겠죠."

"승현이 밥은?"

"……."

"승현이 밥은 먹었어?"

"어머님! 지금 승현이 밥 먹은 게 중요해요?"

참지 못하고 지르고 말았다. 이후 어머님은 나에게 승현이 밥 먹었냐는 질문을 더는 하지 않으셨다. 참는 것만이 능사는 아니었다. 난 이후 승현에게 듣기 싫은 잔소리를 하기 시작했다. 그렇게 결혼 5년 차가 된 그는 집안일에 대한 기본 소양을 갖추게 되었고, 기안84를 보며 짜증을 내고 있는 것이다. 발전해준 승현을 보며 난 흐뭇하게 웃었다. 참 쉽지 않은 시간들이었다. 친구들하고 우스갯소리로 하는 말이 있다. 결혼 초, 하녀병에 걸리는 것을 조심해야 한다고. 결혼 초엔 상대에게 잘해주고 싶은 마음이 크기에 남편에게, 시댁에 잘하려고 부단히 애를 쓴다. 그때 마음은 내가 잘하면 받은 쪽도 잘하겠지라는 아름다운 마음이리라. 하지만 시간이 조금만 지나도 알 수 있다. 내가 잘하는 것은 기본값이 되고 상대는 계속해서 더 바라기만 한다는 걸. 그제야 아차 싶고 억울한 마음은 쉽게 사라지지 않을 것이다. 하지만 늦지 않았다. 억울한 마음이 깊은 미움이 되기 전에 풀어야 한다. 바로 할 말은 해서 오해가 없도록 하는 것이다. 오해가 없어야 관계가 순탄하다.

내가 일을 그만두고 백수가 되었을 때 승현은 당연한 듯 설거지를 제외한 모든 집안일에서 손을 뗐다. 처음엔 어라……? 싶었지만 생각해보니 그의 행동에 납득이 갔다. 나의 직업은 이제 가정주부가 된 것이다. 모두 내 몫이라 생각하고 승현에게 기대하는 마음 없이 집안일을 했다. 그러다 한번은 승현이 설거지한 컵에 물을 따라 마시는데 깨끗이 헹구지 않았는지 거품이 올라왔다. 어쩐지 설거지를 하는 속도가 남다르게 빠르더라니……. 나는 건강을 위해서 설거지도 내가 하기로 했다. 다만 가끔 쓰레기를 버려달라, 청소기를 돌려달라, 가스레인지를 닦아달라 하나씩 부탁한다. 승현은 가끔 하나씩 주어지는 미션에 전과 다르게 최선을 다한다. 그러면 또 고맙다.

승현은 결혼 전부터 모든 돈을 나에게 맡기고 있는데 그땐 나도 같이 버니 그것이 부담스럽지 않았다. 하지만 내가 일을 그만두자 슬슬 그의 눈치가 보이기 시작했다. 아무리 남편이 벌어오는 돈이라 해도 남의 돈 같아 쓰지 못하겠는 것이다. 위축된 나는 한동안 옷도 사지 않고 외출도 하지 않았다. 한번은 같이 쇼핑을 나갔는데 갖고 싶은 걸 앞에 두고 머뭇거리는 나를 본 승현이 화를 냈다.

"이게 뭐라고 왜 고민을 하는 거야?"

"돈을 안 버니까 못 사는 거지!"

"내가 벌잖아!"

승현은 사라고 하고 나는 안 사겠다고 하며 실랑이가
벌어졌다. 하지만 황소고집 승현은 기어코 그걸 내 손에 쥐어
주었다. 그는 단 한 번도 내가 얼마를 쓰는지 어떤 걸 사는지
에 대해 눈치를 준 적이 없다. 승현은 예쁘다 생각하는 명품
도 곧잘 사주는 편이다. 나는 그때마다 묻는다.

"나한테 왜 이렇게 잘해줘?"

"나는 장 작가가 어딜 가든 최고였음 좋겠어."

그러면서 승현은 말한다.

"장 작가, 나 이거 하나 사주면 안 돼?"

"장 작가, 선물해줘서 고마워요."

실은 자기가 번 돈으로 자기가 사는 것인데 나에게 고
맙다 하는 남편. 시어머니가 욕심 없이 착하게 키웠다고 매
번 말씀하시는데 정말 그런 듯하다. 이런 걸 생각하면 또 불
현듯 시어머니에게 감사하다. 곱게 잘 키워서 나에게 보내주
셨으니.

결혼생활은 이토록 한결같지 않다. 미워하다가도 사랑한다. 어쩌면 그게 묘미다.

우리가 사는
선택의 순간들

　　얼마 전 친한 친구가 결혼 소식을 알렸다. 같이 술을 마시며 신나게 떠들고 있는데 조심스레 "나 어려운 길을 가보려고 해."라며 수줍게 말하는 것이다. '어려운 길'이란 무리 중 유부녀 친구들과 결혼을 빗대어 쓰던 말이다. 유일하게 결혼을 하지 않은 그녀에게 "결혼, 그 어려운 길을 왜 굳이 가려고 하냔 말이야! 우리 중에 승자는 너야!!"라고 밥 먹듯이 이야기를 했더랬다. 그 말은 사실 진심이 반이고 위로가 반이었다. 속뜻을 다 아는 그녀는 우리가 그런 말을 할 때마다 콧방귀를 뀌었다. "흥! 웃기고들 있네. 지네는 해놓고 나

한텐 안 해도 된다니 무슨 이론이야!” 그러면 그대로 다들 머쓱해져서 웃고 말았다.

결혼이 어려운 길이라는 것에 대한 진심은 이것이다. 발을 담가보니 결혼은 롤러코스터 같은 거였다. 행복을 향해 천천히 올라갔지만 사소한 일 하나로 급하강하는 좌절을 맛봐야 하는 것. 그러나 이미 길을 나섰기에 동반자인 그와 손을 잡고 다시 행복을 찾아 올라야 하는 것이다. 차라리 탈선해버리고 싶은 기분이 들 때도 있다. 그 이유는 그 때문일 수도 있고 나 때문일 수도 있다. 그러나 내 손을 놓치지 않으려고 부단히 애쓰며 발걸음을 나란히 하고 있는 그를 보면 탈선할 수 없다. 그가 보는 나도 그러할 것이다. 서로 안쓰러워 손을 더욱 꼭 잡게 된다. 누군가를 진짜 사랑한다는 것은 안쓰러움을 느끼는 순간부터란 말을 들은 적 있다. 가엽다, 그의 살아온 발걸음들이 가엽고 열심히 일하는 그가 가엽고 곤히 자는 걸 보고 있자면 그 모습도 가엽다. 결혼함으로써 오만 감정을 다 느끼고 견뎌내야 하니 역시 둘보단 혼자가 나을까. 결혼이 오르막길이고 롤러코스터고 어려운 길이 아닐 수 없는 이유다.

결혼은 안 해도 그만이라는 위로에 대한 진심은 이것이다. 나도 늦게 결혼한 편이라 그녀의 마음을 잘 알고 있다. 나만 늦어지는 기분, 그래서 불안하고 서둘러야 할 거 같은 기분, 또는 결혼에 대해서 자포자기하게 되는 기분. 그러나 해보니 굳이 조급해하면서까지 할 필요는 없는 게 결혼이라는 생각을 했다. 여자로서 결혼은 나를 조금씩 버리는 일에 가깝다. 방송을 본 사람들은 알겠지만 나는 결코 주눅 드는 스타일이 아니고 할 말은 다 하고 사는 아내이자 며느리지만 그럼에도 불구하고 어쩔 수 없이 내 삶을 잃어가는 과정에 꽤 많이 괴로웠다. 결혼은 다시 한 번 성장통을 겪으며 정체성을 찾는 일이다. 그런데 그 과정에 위로가 되는 사람은 아이러니하게도 그다. 우린 함께 성장통을 겪으며 수많은 감정을 대화를 통해 소화시키고 끊임없이 위로했다. 이건 사실 부모님도 형제도 친구도 꾸준히 해줄 수 없는 일이다. 그래, 결혼하지 않았다면 겪지 않아도 될 감정을 겪었지만 그래도 나만큼 나를 아끼는 사람을 얻었다. 그러니 역시 혼자보단 둘이 나은 걸까?

　　나는 여전히 결혼은 해도 그만 안 해도 그만이라 생각

한다. 하지만 그녀가 결혼을 결심했다는 이야기를 듣고는 순간 너무 안심이 되어 눈물이 울컥 났다. 연거푸 축하한다는 말을 했지만 그 정도로는 내 벅찬 감정이 전해지지 않는 거 같아 아쉬울 따름이었다. 우리는 이미 마흔이고 그랬기에 더 신중하고 어렵게 결혼이란 길을 선택했을 친구에게 무한 축하를 해주고 싶었다. 하지만 그녀는 호들갑스럽고 닭살 돋는 걸 싫어하니까 자제하기로 하고 마음을 가다듬었다.

친구에게 다시 한 번 말하고 싶다.

'정말 축하해. 너는 분명 행복하게 잘 살 거야. 나는 너의 선택을 믿어.'

이건 내가 결혼할 당시 모두에게 듣고 싶었던 말이기도 하다. 나는 결혼 소식을 알릴 때 많은 변명을 늘어놓아야 했고 상처받았다. 그냥 좀 나를 믿어주지. 잘 살기를 바래주지……. 미혼부 연예인과 결혼하는 일에 대놓고 기겁하면서도 흥미롭게 이런저런 참견을 하던 이들의 표정이 쉽사리 지워지지 않는다. 그때로 돌아간다면 꼭 말해주고 싶다.

"저기…… 본인이나 잘 사세요. 웬 오지랖?"

누군가 어떤 선택을 했을 땐 축하해주고 지지해주는

게 맞는 거다. 그게 결혼이건 비혼이건 임신이건 딩크족이 되건 파이어족이 되건 말이다. 그리고 그 선택으로 인해 힘들고 괴로운 일이 있을 땐 신이 날 게 아니라 따뜻하게 위로해 주는 게 맞다. 괜찮다고, 사는 게 다 그렇다고. 이런 상황에 '거봐, 너 내가 그럴 줄 알았어!'는 '더 이상 나는 당신의 친구가 아닙니다(혹은 그 무엇도 아닙니다).'와 동의어다.

승현과 대화를 하다가 답답해지는 순간 중 하나가 그는 무조건 자기 것이 최고라는 믿는 점이다. 한번은 지인의 집에 초대를 받아서 갔다. 그 집은 청담동이었고 대저택이었고 으리으리했다. 누가 봐도 부러워할 만한 좋은 집이었다. 그런데 집으로 돌아오는 길 승현의 말은 뜻밖이었다.

"난 우리 집이 더 좋은 거 같아."

그럴 리가 없었다. 우리 집은 한 동짜리 작은 아파트일 뿐이니까. 하지만 어떤 좋은 집을 봐도 승현의 말은 한결같았다.

"그래도 우리 집이 더 좋아."

반복되는 말에 답답해진 나는 반박하기도 했다.

"정말 그렇게 생각해? 누가 봐도 그 집이 우리 집보다 훨씬 좋아!"

승현은 잠시 시무룩해졌지만 뜻을 굽히지 않았다.

"우리 집은 해도 많이 들어오고 왼쪽으로 가면 연남동, 앞으로 가면 홍대, 오른쪽으로 가면 망원동이잖아. 핫한 동네 한가운데 있다고!"

한번은 누구에게나 로망일 법한 결혼식장에 초대돼서 다녀왔는데 그때도 승현은 말했다.

"우리 결혼식장이 더 좋아."

"아니야 선배. 우리 결혼식장이 괜찮긴 했지만 여기보다 작고 교통도 불편했어."

"그래도 난 우리 결혼식장에 제일 좋은 거 같은데."

현실을 직시하지 못하는 거 같아 답답했지만 말이 통하지 않을 걸 알기에 난 그냥 입을 다물었다. 하지만 어느 날 깨닫게 된 것이 있다. 그는 자기가 가진 것이 아니라 자기가 선택한 것이 최고라고 생각하는 사람이라는 것을. 그 선택에는 나도 포함이었다. 그는 입에 '장 작가'를 달고 사는데 그의 주변 사람들이 진절머리가 날 정도이다. 하지만 그가 최고로 여기니 다른 사람들도 나를 그만큼 대우해준다. 그는 내가 어떤 일을 해도 잘해낼 것이라 믿고 응원해준다. 진심인지 모르겠지만 자기 눈엔 내가 제일 예쁘다 말해준다. 한번은 친정엄마가 말했다.

"승현이는 정말 너가 최고인 줄 아는 거 같아. 감사하게 생각해."

자신을 믿기에 자신의 선택도 최고라 믿고 결국 최고의 것들만 가진 승현. 그렇게 날 최고의 자리에 올려준 사람. 승현을 보며 배운다. 남과 비교하다보면 절대 최고를 가질 수 없다는 걸. 나에게 최고인 것이 최고라는 것. 승현이 미혼부 연예인이라 할지라도 나에겐 그와의 결혼이 최고의 선택이었음을.

방송을 만들 땐 오래 고민할 시간이 없다. 이번 주 방송이 끝나면 바로 다음 주 방송을 준비해야 하고 무슨 일이 있어도 정해진 시간에 방송은 나가야 하기 때문이다. 같이 일하는 사이에도 예의를 다하며 돌려 말할 시간이 없다. 그렇다 보니 대본을 쓴 누구에게 "너무 고생했어. 이런 부분은 정말 좋다. 하지만 이런 부분은 왜 이렇게 썼는지 알 수 있을까?" 식의 대화는 사치다. "이 부분은 빼고, 이런 내용은 여기에 넣고. 맞춤법 틀렸잖아. 제대로 안 해?"라고 말한다. 말이 길어지면 포인트를 잃을 수 있으니 정확하고 확실하게 필요한 부분만 짚어 얘기하는 것이 내가 겪은 방송국 사람들의 특징이다. 처음에는 친절하지 않은 그 말투에 나도 상처를 많이 받았다. 그러나 담금질 몇 번을 당하고 나서는 무뎌졌고 어느 순간 나도 그렇게 말하는 사람이 되어있었다.

　　방송은 많은 녹화 분량 중 중요한 것만 모으는 일이다. 그렇다 보니 무엇이 쓸모 있는 말이고 무엇이 쓸데없는 말인지 구별하는 것이 습관처럼 되어버렸다. 나의 그런 부분이 이 책을 내기 위해 글을 쓰면서는 독이 된다는 것을 알게 되었다. 감정선이 큰 산과 작은 산을 오르내리며 쭉 이어져야 하는데 툭툭 끊겨 있는 걸 보고는 어떻게 퇴고해야 할지 막막하기도 했다. 글을 두 번 세 번 퇴고하며 끊긴 감정선을 잇고 메우느라 고생했다. 책 한 권을 내는 건 반복적으로 생각하고 반복적으로 수정하며 조금이라도 더 나은 글로 완성하는 과정이었다. 그것이 꼭 우리들의 결혼생활 같았다. 서로 내비치지 않은 감정선도 헤아려보려 하고, 고집했던 생각을 바꾸기도 하며, 반복적으로 고민하고 항상 더 나은 방향으로 가려 애쓰는 것이.

　　마흔쯤 되니 저절로 알게 되는 것들이 있다. 사람과 사람 사이에 쉼표가 없으면 결국 마침표를 찍게 된다는 것. 누구와든 거리는 필요하다. 친정엄마, 오래된 친구, 매일 살을 부대끼며 사는 남편일지라도 가까워졌다 멀어졌다를 반복하며 적당한 거리감을 유지하는 것이 좋다. 또 지나가는 말에 지나치게 신경 쓸 필요가 없다는 것. 우리는 때때로 마음에 없는 말을 하기도 하고 내가 무슨 말을 하는지도 모르면서 말할 때가 있다. 특히 부부 사이에는 더 그렇다. 지나가는 말은 가슴에 두지 말고 지나가게 둘 일이다. (말꼬투리 잡고 싸우는 것만큼 못난 일이 없다.) 그리고 세상에 나와 같은 사람은 하나도 없다는 것. 심지어 나를 낳은 부모님, 같은 배에서 나온 오빠조차도 나와 공통점이 별로 없는 완전히 다른 스타일의 사람이다.

그러니 남편은 어떻겠는가. 드디어 내 반쪽을 찾았다고 생각했지만 아니다. 나는 세모고 승현은 네모다. 왜 네모냐고 따져도 봤지만 돌아오는 답은 왜 너는 세모냐는 것이다. 이미 '우리'라는 이름으로 묶였으니 어쩔 수 없다. 그만 따지고 받아들이기로 한다. '아, 너 네모였어?' 하지만 종종 그가 네모인 걸 까먹고 또 따진다. 하지만 또 깨닫는다. '아 맞다,

너 네모였지?' 어쩌면 결혼은 반복학습의 과정이다. 지치지 않는 자만이 끝까지 갈 수 있는. 하지만 끝까지 갈 필요가 없다고 판단되면 굳이. 나는 어떠한 결혼생활에 대해선 이혼을 찬성한다. 만약 나는 정말 나한테 꼭 맞는 반쪽을 찾았다고 생각하는 분이 있다면 축하드린다.

이 책을 어떤 분들이 읽었을지 궁금하다. 어쨌든 나의 여정을 함께 해주어 감사하다. 고단하기보다 유쾌했기를 바란다. 또 평온할 만하면 에피소드를 제공해 글감을 풍성하게 해준 승현에게 고마움을 전한다. 책에 들어갈 그림도 직접 그려주었고 누구보다 이 책을 쓰는데 가장 열렬한 지지를 해준 사람이다. 그리고 내 가장 든든한 버팀목, 엄마와 아빠에게 감사함을 전한다. 마지막으로 이 책이 나오기를 기다리며 응원해준 그래 바로 당신. 너무 고맙다.